내 영혼 그대의 몸속으로

내 영혼 그대의 몸속으로

ⓒ 박설호

1판 1쇄 발행	|	2025년 7월 2일

지은이	|	박설호
펴낸이	|	정홍수
편집	|	김현숙 이명주
펴낸곳	|	(주)도서출판 강
출판등록	|	2000년 8월 9일(제2000-185호)

주소	|	서울시 마포구 동교로17안길 21 (우 04002)
전화	|	02-325-9566
팩시밀리	|	02-325-8486
전자우편	|	gangpub@hanmail.net

값 13,000원
ISBN 978-89-8218-369-0   03810

내 영혼
그대의 몸속으로

박설호 시집

　오랜 세월 고이 간직한 미발표작 가운데 주로 사랑과 관련되는 시편을 골라보았다. 내 영혼은 그대의 몸속으로 스며 들어가, 타자의 관점에서 나 그리고 세상을 관망하려고 했다. 그러면 그대는 미소로 화답하고, 어설프게 빙의한 나를 멋쩍게 밀쳐내곤 하였다. 이때 감지된 여운은 나를 기쁘게 했고, 위안을 안겨주기에 충분하였다.

1부

참제비고깔

당신의 뿌연 그림자 바로 보고 싶어요
푸르께한 꽃잎은 나의 눈
당신에게 가까이 다가가면 그만큼
당신 얼굴 감감해지는 까닭은

당신의 달콤한 목소리 듣고 싶어요
가지의 털은 나의 귀
내 마음 울적할 때에만 이어(耳語)하는
당신 엿들으려 하는 이유는

당신의 따뜻한 가슴 만지고 싶어요
초록 잎사귀는 나의 손
멀리 떠나신 후에야 당신 그리워
마구 볕살 거머쥐려는 까닭은

당신의 달보드레한 입술 더듬고 싶어요
꽃주머니는 나의 혀
내 안에서 꽃잠 빠진 당신 가까이
일순 냉랭함을 맛보는 이유는

에델바이스

멀리 계신 당신
눈앞에 아른거려
쌓인 일감 접고
하얀 꽃 굽어보다
일곱 가닥 꺾인
내 삶이 부끄러워
사랑 삭이지요

솜다리로 거듭난 에델바이스

멀리서 당신
품을 수 있으나
소유할 수는 없어
일곱 번의 떠남
참고 견디오

만남은 슬픔 이별을 마련하니

여기는 타향
그저 목욕재계
하얀 분을 바르며
오로지 그날만을
기다릴게요

이별은 늘픔 만남을 기약하니

찰옥수수 1

나는 발가벗은 채
물구나무선 여자예요
멋진 자궁의 수염
하늘로 허우적거리며
머리카락 한 올씩
땅속에 묻고
초라하게 보이는 암술로
섣불리 꽃을 피우며

다음의 세상을
가꾸곤 하지요 햇빛
공기 그리고 흙은
나를 키우는 영혼*
나는 다만 이들 몸이에요
그러매 사랑이란 죽음이에요
나에겐 삶과 죽음의
문턱이 없지요

당신에겐 죽임과

살림이 생활의 전부지요
그렇기에 당신은
쾌락을 위하여 서로
싸우고 내 씨알 마구
따먹으며 콩팥
물들이는 노란 액체를
남기지요 그래

나는 발가벗은 채
물구나무선 여자예요
멋진 자궁의 수염
공중 날개 펄럭거리며
허방지방 꽃을 피워요
삶과 죽음이 나누어진
당신에게 나는
일회용 간식이에요

* "여성의 성적 쾌감은 태양과의 만남에서 발현된다. 왜냐면 태양은
  따뜻한 열기로 온화하고, 부드럽게 그리고 연속적으로 땅속으로 파
  고들어 결실을 거두게 하기 때문이다."(힐데가르트 본 빙겐)

찰옥수수 2

과거나 미래 모두 두려움만 안겨줘요

　나는 튼실한 찰옥수수예요 열매가 익을 무렵 당신의 아들이 세상에 태어났지요 언젠가 당신의 아버지는 말했지요 자식의 탄생에 기쁨보다 근심이 앞섰다고 오늘은 1987년 10월 25일 ARD 뉴스에서 비아프라의 어린이들이 보였어요 앙상한 갈비뼈를 드러낸 채 내 새끼들을 더 차지하려고 서로 다투었지요 당신은 안타까워하며 몇 시간 빌레펠트의 숲 사이로 방황했어요 일순 광활한 밭이 당신의 눈앞에 나타났어요 그곳의 어느 농부는 이곳 옥수수가 돼지 사육을 위한 것이라고 말했지요 행여나 돼지들이 출몰하여 나를 짓밟을까 무서워요 그러니 편안한 마음으로 찰옥수수 죽을 끓이세요 누가 먹어도 개의치 않으렵니다

　그래도 찰옥수수는 다시 살 수 있어요

가벼운 내가 떠나리라 무거운 압구정이여

음산한 거짓 엘도라도
난생처음 발 디디는
용의자 네놈은 참 한심하구나
더러운 세상 낙엽마저 나를 깔보며
얼굴을 붉히고 있다니
담 위에서 나를 위협하는
쇠창살 그리고 유리 토막에
뻔질나게 찢겨나가던 나의 살점

자식 네놈은 뛰어봐야 벼룩이야
이탈리아의 대리석 철제 대문
색깔 한번 야시시하구나
내가 오늘 잠시 빌려 입은
양복 단추의 색깔 또한
더욱더 초라하게 반사되는구나
그래 네놈들은 항상 불안하지
졸부끼리 상부상조하고

백그라운드가 필요하므로

쫑파티 열다가 싫증 나면
러시안룰렛을 즐기지 그렇지
지가 무슨 서양 귀족이라고
몇 푼 종잇조각으로 젠장
눈에 보이지 않는 경쟁의
칼 휘두르며 결투를 벌이지만
구정물 튀기는 동네에서

굳이 살려는 이유가
그래 부동산 그리고 의료 시설
자녀 교육 때문이라고
웃기지 마라 싸가지 밥맛들아
그렇다고 나까지 덩달아
목구멍이 포도청이라
나이프 들이대는 싸울아비 아니면
보디가드가 되어야 하는가

혹시 고양이 주인이 교활하게
법망을 피하는 동안

하수인인 나는 씨발
또다시 철창 속에 처박힌
사자 신세가 되어야 하는가
죽은 영혼의 네온사인에
야윈 그림자로 날리는
나의 우람한 몸집 아 어쩌자고

아내가 선물 더미를 쥐여주었을까
이까짓 것 주인의 대머리에다
내동댕이치고 싶구나
차라리 고향으로 돌아가서
산천초목을 부들부들 떨게 하던
임꺽정이 되고 싶어라
딸에게 호신술이나 가르치고
오가피나무를 재배하며

흙의 고백

당신이 내 살을
비비고 파고드는 순간
몹시 따끔거리고
마음 아팠지요*

새끼를 키우는
어미의 내리사랑이라
변변찮으나 노력하는
졸성(拙誠)일까요**

훗날 내 몸 곁에
싹이 트고 꽃이
솟아나다 예쁜 열매
곱게 남겠지요

* "땅을 갈고 파헤치면 모든 땅은 상처받고 아파한다. 그 씨앗이 싹
  을 틔우고 꽃피는 것은 훨씬 뒤의 일이다."(빅토르 위고, 『레미제
  라블』)
** "교묘한 속임수는 치졸한 진실만 못하다(巧詐不如拙誠)."(한비자)

잠깐 노닥거릴 수 있을까

썩은 풀에서 생겨난*
암컷 반딧불이가 말한다

모르니까 청춘이라고 아니 꽃봉오리에 옥시토신이 아
직 없을 뿐이야 왜 꿈꾸면서 이빨을 갈겠어 그동안 너와
즐겁게 지낸 건 사실이야 손잡으면 껴안고 싶고 껴안으
면 입 맞추고 싶으며 키스하면 한 몸이 되고 싶었지 하마
터면 가슴 부풀어 뻥 터진 뒤에 까르륵 자물실 뻔했어 허
나 그럴 수는 없지 않니 섭섭하게 생각하지 마 아빠는 내
가 흠결 없는 암술이기를 바라고 있어 너도 허청대지 말
고 잘 먹고 잘 살아야지 날 찾지 마 안녕

비에 젖어 희미해진*
암컷 반딧불이가 말한다

잘 지냈니 잠시 짬을 내어 나왔어 세월 참 빨리 흐르네
외국으로 떠났다는 소식 들었지 뭐 금의환향한 게 아니라
고 어쨌든 직장 구할 수 있어서 다행이야 난 어영부영 살
고 있어 출산 후에는 이명을 앓고 있어 왜 날 만나자고 했

니 일주일에 한 번씩 만나 진득하게 솜사탕을 맛보자고
혁 남편 들으면 큰일 날 소리야 벌심하지 마 진중하게 살
아야지 LA로 이주하여 아이들을 잘 키울 거야 홍등의 곤
충관에서 다른 암컷을 선택해봐 안녕

    가을 서리에 사라지는[*]
    암컷 반딧불이가 말한다

    너는 참 지저분한 먼산바라기야 오랜 세월 일편단심이
라니 남편은 폐암으로 돌아갔고 나는 LA에서 자식 두고
돌아왔어 시끌벅적한 실버타운에서도 외로움을 많이 타
너와 함께 살고 싶어 시간의 얼레 거꾸로 돌리면서 나를
안잠자기로 받아줄 수 없겠니 말년의 고독 너무 애애할
것 같아 나의 몸에서 청춘의 수액 더 이상 솟구치지 않지
만 서로 추억을 쌓아가자 앞마당에 야채 심어 매일 푸짐
한 시골 밥상 함께 나누고 싶어 내 제안 어때

    * 두보(杜甫)의 시 「형화(螢火)」에서 인용함.

맨드레이크*

여성(凹)을 따먹다니
어처구니없는 착각 아닌가요
남성(凸)은 강물이
대지를 범람하지 않도록
단단히 막아주는
병마개 담장의 뚜껑

여성은 흥건히 고인
포도주병 물웅덩이
여름날 철철 흘러넘치는 수액
동물의 갈증 달래주는
질통 시나브로 꽃 피우는
묘약 눈물샘이지요

빛이여 시간의 빗장
풀리면 따뜻하게 해주세요
마고(麻姑)의 숲
지의류 새순 꽃봉오리
암술 자궁 부드러운 갯솜

틈새가 양지로 변하도록

* 맨드레이크: 지중해와 레반트 지방이 원산지인 허브의 한 종류이
  다. 뿌리가 둘로 나뉘며, 마치 사람의 하반신 모습을 하고 있다. 마
  키아벨리의 드라마 「만드라골라」에서 맨드레이크는 최음제로 사용
  되고 있다.

떠나가는 그대에게

바라만 보아도
잊을 수 없는 그대인데
괜스레 어설픈 고백으로
헝클어놓고 말았네
그대 일정을

그대가 활화산이라면
나의 마음은 마그마
모든 잘못 고쳐지지요*

내일 돛단배 타고
멀리 떠나야 할 그대에게
금지된 장난 불 지르려는
나는 주막집 처녀
이승의 바람

그대가 화살이라면
나의 마음은 과녁
모든 아픔 사라지지요

다시금 가을이
그리움의 파문 던지면
후회막급으로 가슴 찢는
나는 음나무 낙엽
물방울 하나

*『단군세기(檀君世紀)』의 「어아가(於阿歌)」에서 인용함.

신비적 합일(Unio mystica)
―토이토부르크 숲속에서

가랑비가 말한다
"당신의 아내가 되고 싶어요."
바위 조각이 대답한다
"만남만으로 충분해요."
내 알몸을 벗어 던지던
축축해진 옷

우리의 해후 어느 봄날
화씨로 흐물흐물 녹은 아지랑이
잠시 공중에서 서로 안고 춤추었더라면

개울물이 말한다
"아이 낳아드릴 수는 없어요."
자갈이 대꾸한다
"포옹만으로 충분해요."
헤엄치는 잉어 한 쌍에
애꿎은 투정

우리의 해후 어느 겨울

섭씨로 꽁꽁 언 얼음 고드름
잠시 물속에서 서로 안고 잠들었더라면

강물이 말한다
"여름 보듬은 채 떠나야 해요."
조약돌이 답변한다
"이별이 가을바람 아프게 해요."
축축한 강둑에 남아 있던
그대의 향기

이화여대 입구에서

코를 베어 가도
눈 하나 깜짝 않는
사람들 남한테
관심이 없어요
김지하 시인 말대로
사경에 처한

아내를 구하려고
광대춤을 추어도
기껏 몇 명만
그저 우습다고
박수만 남길 뿐*
무심한 세상에

마음이 우울해지면
이화여대로 가요
가방 메고 걷는
배꽃 봉오리 예쁘지만
박물관에 숨어 있는

백범의 손때 묻은

깃발 보고 싶어요
깃발 그 자체야
직물 조각이겠지만
그 속에 억울하게
떠나간 장 선생님의
땀내가 고스란히

배어 있으니까요
거기서 눈감고
우두커니 서 있으면
지금까지 한 번도
보지 못했던 세상
개벽하는 것 같아요

웅녀 주위에서
다섯 남편 서로
아우른 채 웃으며

뱀 그리고 돼지
서로서로 손잡고
강강술래 두둥실

춤추는 그 세상이
교문을 나서면
내 몸과 부딪치는
술 취한 사랑 노래
커피숍 신부복 살롱
현금 뺏어 가도

눈 하나 깜짝 않는
물건들 아무런
표시가 없어요
광대춤이나 출까요
주위의 사물이
눈물 흘리도록

* 시인 김지하(1941~2022)는 산문집 『밥』에서 광대에 관한 에피소드를 들려준 바 있다. 이것은 소통이 차단된 예술가의 비애를 비유적으로 표현하고 있다.

너의 기타 애잔히 울고 있을 때*
―신기언에게

"형님, 주제 모르고
왜 어리석게
시간 아깝게 백 번이나
선을 보았을까요?"

구차하게 올망졸망
식솔 거느리며
해바라기 저축에 파묻힌
남향 전셋집
허겁지겁 출퇴근
오글오글 부대끼는
일회용 양복들
아 불쌍하여라

북쪽으로 향해
열매 맺지 못한 꽃
밤무대 딴따라
야행성의 고사리
대낮에 잠자다가

밤에는 땀 흘리고
줄기에 맺힌 이슬
아 고귀하여라

낮에는 꿈을 꾸고
밤에는 칼 갈며
노래하여라 아무도
관심 없는 새소리
돈으로 환산되지 않는
개울물의 흐느낌
신비로운 색채 퍼지는
숲속의 냄새를

"다시금 맞추어볼게요.
젖가슴 과녁 향해
힘껏 시위 당겨 세레나데
연주해볼게요."

* 비틀즈의 멤버 조지 해리슨의 곡 가운데에는 「나의 기타 애잔히 울
  고 있을 때(While my guitar gently weeps)」가 있다.

꽃무릇과 나눈 대화

내가 소년이었을 때
붉은 꽃만 보면 설레곤 했지요
몽중상심(夢中相尋) 어느새 나이 들어
푸른 잎이 더 곰살가워요

팔 없는 소녀예요* 가슴 미어지지 마세요 나의 줄기 속
의 소리 없는 외침이 등산객의 마음 어지럽히더라도 무심
히 바라보세요 갈망은 마음 이상으로 푸릇푸릇하리라는
것을

엽록소의 생명 잎사귀
결실보다 더 소중한 숨쉬기
9월은 당신의 기다림 순간
겨울과 봄은 오랜 흐노니

팔 없는 소녀예요 눈꺼풀 뒤집지 마세요 나의 꽃잎 붉
은 속살이 사미의 속세 추억 헤집어놓더라도 무심히 바라
보세요 그리움이 마음 바깥에서 이리저리 헝클리는 것을

같은 곳에서 숨죽이며 피는
당신은 저편의 붉은빛
잎사귀인 내 마음은 사랑의
그림자 잠시 자우룩하지요

* 여기서 "팔 없는 소녀"는 '탈리도미드(thalidomid)' 아이들을 가리
  킨다. 1960년대 서유럽에서는 수면제 '콘테르간(Contergan)'의 부
  작용으로 12,000명의 팔 없는 아이들이 태어났다.

몽양 여운형

여보게 지근이 자네가*
혜화동에서 나를 향해
총을 발사했을 때 마지막
세상은 뒤집혀 보였지 드디어
하늘이 내려앉고 땅이
솟았지 피 흘리며 쓰러진
나를 애처롭게 내려다보던
가로수 놀란 아이들
얼씨구 어찌 통한의
무지막지한 거사를
감행했는가 어떤 연유에서
그토록 소름 끼치는 증오를
삭이지 못했는가

그대를 용서하겠네
목숨은 생(生)의 연결고리
어차피 떠날 몸 미련은
없어 다만 새로운
나라 바로 세우지 못한 게

천추의 한일 뿐 세상은
내 몸에 열두 번이나
지망지망 죽음의
덫을 놓았지만 절씨구
내 몸을 불사르게 한 것은
종이 주인이 되고 여자가
사람으로 대접받는
참 세상의 꿈이었어

여보게 지근이 무엇이
그토록 죽임이라는 살벌한
불을 댕기게 했는가
자네를 팔불출 지렁이로
살게 한 굶주림과
꽉 막힌 무지 때문인가 나의
처절한 걸음은 그렇지
자네 같은 흰옷들의
살림 때문이었는데 다음
생에는 휘뚜루마뚜루

자네 같은 조무래기들에게

칼부림보다 글이나

가르치고 싶다네

* 여기서 언급되는 자는 여운영 선생을 살해한 한지근(韓智根)을 가
  리킨다. 그의 본명은 이필형(李弼炯)이다. 한지근을 사주한 범인들
  은 1945년 12월 30일 독립운동가 송진우의 암살 주범 한현우의 집
  에 모인 극우파들이었다.

세상이 술통 아래로
—백자철화매죽문호(白瓷鐵畵梅竹文壺)를 바라보며

아이고 미칠아
세상이 술통 아래로
내려앉았으면 해
내 몸과 마음 모두
절구 속에 넣고 빻아서
널 위해 술로 빚어
매년 들이켜게 해

구례 양반께 보내는
매실 열 가마니 첩실로
떠나는 임의 꽃가마
바라보며 말술 들이켜는
머슴 세상이 방광이라면
난 대체 무엇일까
너 없이 어찌 살까

상것의 눈물로
철렁거리는 술잔에
입술 맞춰줘 한 맺힌

정이 기억되도록

아이고 미칠아

세상이 술지게미로

가라앉았으면 해

2부

홑이불

여름밤 폭우 소리
떠난 임의 흐느낌

아픈 추억 귀 막고
돌껫잠으로 버티는데

엉클린 임의 실루엣
내 가슴을 더듬네

노랑붓꽃

우금치 계곡에서 장군님 영혼이 깨어났어요
흰옷의 피가 오롯이 싹 하나 틔우게 했을까요
첫번째 외화피는 어머니의 통곡 소리
그래도 버덩에서 살며시 옷 벗어 던졌지요

시천주 외치다 그만 눈자위 퉁퉁 부었지[*]

일본의 흰꼬리수리 나절가웃 모두를 노렸지요
장군님 우린 꼼짝 않고 따뜻한 봄 기다렸어요
두번째 외화피는 고개 숙인 아내 근심
씨앗들 성 이름 바꿔 멀리 떠나야 했지요

꽃말이 이어질 것을 무시로 타울거렸지

장군님 나와 함께 그늘에서 감투거리 즐겨봐요
지나가는 청포 장수 우릴 보며 얼굴 빨개지지요
세번째 외화피는 딸이 흘린 피 냄새
죽음이 우릴 다시 사랑하게 했어요 에움길에서

마파람 꽃씨 몇 개를 부안으로 날렸지

---

* 시천주: 시천주조화정 영세불망만사지(侍天主造化定 永世不忘万事
知). 동학의 주문.

녹두장군

1 어머니에게

죽는 아들 꽃 속으로 스며들어 말할게요

아무리 귀 기울여도 내 숨소리 들리지 않아요 관은 좁은데 내 어깨는 너무 넓어 베개 없이 모로 누워 초짜드막 아픈 시름을 달랩니다 탐관오리 곳간 털어 민초에게 여러 곡식 나눠줄 때 어머님은 일갈했지요 오늘처럼 네가 그리 자랑스러운 적이 없었다 지금 여기 내 마음에 속정 바로 채우시는 당신 기운 가슴에 새깁니다 그렇지만 단 한 번도 어머님의 생일상을 차려주지 못한 불초 녹두를 용서하세요 잠시나마 삼도천에 머물면서 꽃잎 풀잎 넘나들며 단한 번만 눈물 흘릴게요

샛노란 꽃잎의 뜻을 의천에게 전해줘요[*]

2 아내에게

붉다 못해 검어진 맥박의 강가에서

저세상의 배 그냥 떠나보내요 팔다리가 내 뜻대로 움
직이지 않아요 눈 또한 자몽해져 입 맞추던 한반도의 자
갈들이 보이질 않아요 하기야 운이 다하니 영웅도 스스로
어쩔 수가 없지요** 당신 그림자 초록 저고리 푸른 치마
꽃 살며시 다가오네요 내가 할 수 있는 것은 잎사귀로 푼
푼한 신호를 보내는 일밖에 잠시나마 내 붓꽃과 동거하나
심정만은 온새미로 당신에게 향하고 있어요 꽃잎으로 저
릿한 내 마음을 전하리다 부디 내가 못다 한 일 나중에 꼭
이루어주세요***

소중한 당신의 재산 물품은 아니었지

3 딸에게

푸른 잎 새날의 기운 정읍에서 뻗어나

커질 거야 애통하게 여기지 마 딱한 것은 이 땅의 동티
니까 악이 승리해온 추악한 살매니까 역사는 요사한데 기
러기 한 쌍이 자유의 뜻 모르듯 우리가 그걸 깨닫지 못하
는 걸까 그래도 크나큰 경애 잊지 않을게 딸아 그날까지
함께 지내자 너는 살아가고 아비는 모로미 너의 곁에 머
물게 아니 미래로 향해 같이 걸어가자 새봄마다 다시 한
번 피어나서 내 영혼의 파릇파릇함 드러낼게 하늘을 쳐다
보고 남접 북접 마구 왕래하며 이 강토의 혼령들 잠재울
때까지

갈라진 땅 그늘에서 나의 뜻을 전하리

* 의천: 전봉준의 아들 전용현을 가리킨다.
** 녹두장군의 한시 한 구절이다. "운거영웅부자모(運去英雄不自謀)."
*** "부디 내가 못다 한 일 나중에 꼭 이루어주세요." 전태일의 유언
   이다.

노랑붓꽃 파랑새와 헤어지다

숙주나물 뜨으면서 전해지던 사발통문
경천수심 보국안민 하나 적은 옆에 있다[*]
하늘을 배반한 자들 노랑붓꽃 짓이겼지

흐린 빛에 눈부신 듯 다시 핀 내 해국아
바다의 꿈 녹두장군 붉은 피를 기억하고^{**}
벼랑 끝 칼바람에도 조심조심 자라라

일어서면 무명 흰옷 앉으면 죽산이라
지기금지 원위대강 다른 적이 뒤에 있다^{***}
엉큼한 일본도 칼날 꽃밭 정원 갈부쉈지

파랑새야 노랑붓꽃 자드락 떠나거라^{****}
쓰시마 산매수리 너의 명줄 노리거든
겨울엔 청송녹죽도 아무런 도움 없어

* 경천수심 보국안민(敬天守心 保國安民): 녹두장군이 남긴 전언. 이
  것은 전봉준 장군의 취조문, 전봉준 공초(供草)에 실려 있다.
** 바다의 꿈: 전봉준 장군의 호 해몽(海夢).
*** 지기금지 원위대강(至氣今至 願爲大降): 동학에서 하늘의 성령
  을 받는 주문의 일부.
**** 여기서 파랑새는 "팔왕(八王)새"를 가리킨다. "팔왕(八王)"은
  전(全), 다시 말해 녹두장군을 가리킨다.

사랑의 기쁨

눈 덮인 가지의 꽃순 아아
탄성을 지르며 불그레한 입술 사이로
하얀 이 드러내던 처녀의
뺨 바라보고 꽃망울
터뜨리는 매화

향기에 취한 겨울 사내 아아
마고자 풀어헤치며 터질 것 같은
매화의 품으로
자맥질할 수 없어 하마
치마끈 풀어질까

사랑의 슬픔
—"사랑이라는 신기루는 미움의 배다른 형제"*

불가사리 암수**
지루함과 미움 뒤섞인 채
반세기 함께 사는 일은
불가사의라고

　　　　　　　　　"가슴 한가운데 타오르는
　　　　　　　　　기운이 있어요. 머릿속을 가득
　　　　　　　　　채우는 빛과 같아요. 그게
　　　　　　　　　무언지 간파할 수 없어요. 뜨거운
　　　　　　　　　열망을 깨닫는다면 생명이
　　　　　　　　　무엇인지 알게 되겠지요."

거의 백 년까지
고스러지게 맞선 보다가
칭칭 감긴 연리목 갈등
남남북녀라고

* 　전홍준의 시 「부부」에서 인용함.
** 불가사리의 어원은 "살해당하지 않는 존재(不可殺伊)"라고 한다.

자유는 막힘없는 꽃이 피는 옥별에서
―신영복 선생님

가느다란 은침에 꽂혀
반평생 어두운 골방에서
죽음의 껍질로 박혀 있던
흰나비 한 마리

늦여름 사랑의 열기가
벽이랑 기둥이랑 철창이랑
흐물흐물 깡그리 녹일 때
출옥한 잠자리

손바닥 위에 그 녀석을
가만히 올려놓으면 다시
태어난 날갯짓으로 그곳
옥별로 향하리

* "노련한 곤충학자가 가느다란 은침으로 잠자리를 채집해두었다고
하면 그 잠자리는 한 개의 점이 된다. 그러나 어느 맑은 여름날 그
은침을 뽑고 조용히 손바닥에 올려놓으면, 잠자리는 하늘로 날아
오른다."(워즈워스의 '시간의 점')

뮌헨 마리엔 광장

늦봄의 삿갓구름
알프스를 넘으면
여우비로 광장 가득한 질퍽한 물웅덩이
바람에 는실난실 흔들리는 깃발의 설렘
편두통 앓는 비둘기
몸 털며 자박이지

화려한 장신구를
자랑하는 시청 건물
해바라기 포즈로 미소 짓는 유색인종들
그룹 사진에 남게 될 성그레한 순간 표정
하늘은 여행객에게
시샘하는 비 쏟지

디른들 가죽 바지의*
바이에른 선남선녀
눈동자는 으레 연초록빛 7월의 청포도
버찌와 돼지갈비 이곳의 최고 별미거든
모니카 통닭 뜯지 마

백맥주 마셔야지

가이드로 몇 푼 버는
유학생 나의 친구
향수와 흐노니 모두 잊어버릴 정도로
꽃가루 풍토병으로 거의 잠을 못 이루고
불콰한 그의 두 뺨이
술꾼처럼 보이지

푸른 하늘 흰 솜사탕
이곳의 문양(文樣)이야
타국의 쿠데타 감옥 내의 고문과 죽임은
나른한 텃새 소리처럼 따분하고 적요해
이자 강 영국 공원 잔디
망각 속에 자라지

* 디른들: 독일의 여성 전통 의상을 가리킨다.

사랑앵무

저리 가 사랑앵무 내 말 따라 하지 마

하늘에 계신 우리 아버지 곧 다가올 빙하기까지라도 좋
으니 두 날개 두 발로 살게 해주십시오 아무나 속이는 내
혀의 무게 더 값지게 하시고 어둠 속에는 언제나 독수리
한 마리 선회하게 해주십시오

날아도 끝없는 새장 갇혀 있어도 즐거운 나의 적 날개
물어뜯는 이빨 돋게 하시고 빙하 녹을 때까지 남쪽 대륙
의 감옥 변치 말게 해주시며 깃털 없는 팔뚝을 가꾸게 해
주시고 우리를 악에서 구하소서

뜻 잊은 기도문이니 통방은 금물이야

용담 청량리 선녀

늦여름 밤 청량리
자갈밭 근처 어두운 골목
젖먹이를 업은 포대기 끈 사이로
살며시 드러난 암술 하마
당신 행인들에게

밟힐까 걱정하며
아무런 애정도 수신호도
보낼 수가 없구나 나는 그림자야
허공을 맴도는 돌개바람
기댈 언덕이라곤

이승의 담장일 뿐
내 아기와 혼자서 목숨을
연명하려는 아내 용담이여 먹고
살려고 젖가슴과 레깅스
하반신 드러내며

꽃값 벌려 하지만

당신의 찬란한 처절함에
그 누구도 꾸벅 황홀해하지 않네
당신 호색녀라는 사실은
중요한 게 아니야

파 농사 식당 보조
허드렛일 마다하지 않아
병든 부모 병원비 동생의 생활비
싸울아비에 맞아 죽은 나
아 힘없는 그림자

아기를 잠재우고
찾아오는 수컷들과 용의
쓸개 쓰라린 쾌감을 즐기고 있지
내가 왕벌이라면 아 고해
속 플랑크톤으로

이승 다시 태어나
하루 살 수 있다면 아득한

레테 강의 어귀에 막장 텐트 치고[*]

당신의 자줏빛 자궁 속에서

꿀잠 자고 싶구나

* 레테 강: 저승에는 망각의 여신 레테의 이름을 딴 강이 흐른다. 강
  물을 마시면 전생의 기억을 잃게 되는데, 망자들은 이 강물을 마셔
  야 한다.

아픈 손가락 3

오십 마리 홍학 수컷
우두머리는 항상 피 터지게 싸우다
온갖 깃털 다 빠지고 너무
아파서 밤마다 잠을 설치지요

사부자기 싱글로 살아갈게요
아빠 나는 흔히 말하는
나간이 아니에요 몸통이 구부러진
가죽나무 편히 살거든요[*]

오랜 외로움 그리고 가난
훌훌 털면서 다다 간직할게요
투기장을 관망하는 온유함
심신 편안한 거리감을

* "구부러진 가죽나무": 『장자』의 「내편」 제1편 '소요유'에서 인용함.

브레멘

가을 저녁 강가에는
오리 떼 그루잠 자고
떡갈나무 가지의 상고대 다가오는 추위에도
흐물흐물 녹는 디도의 흐느끼는 눈물이라면*
저 멀리 계신 부모님
정화수가 보이지

베저 강 둥거 호수**
얼음 사이 덧물이 흘러
새띠기들 갈 길 바쁜 행려자의 소매를 잡고
친구로 괴자고 다소곳이 애원하고 있을 때
푸드득 갈까마귀도
푸접 떨고 있었지

브레멘 광장에서
올려다본 당나귀
황구 고양이 수탉 모두 힘없는 늙은이 모임***
약한 자의 저항 어떠한 힘인지 보여준다면
화음은 길손의 마음

벅차게 만들었지

바로 여기 반거충이
잠시만 머물지만
데이지꽃 그 향기 가슴속 깊이 사랑하기에
함께 아우르자는 디도의 말 없는 고백이라면
순간의 설렘 속에서
기쁨은 영원했지

* 디도: 베르길리우스의 서사시에 나오는 카르타고의 왕녀. 아이네이
  스가 멀리 떠나자, 그미는 이별의 고통을 주체하지 못하고 스스로
  목숨을 끊었다.
** 둥거 호수는 베저 강가에 위치하는데, 이곳은 조류 보호구역이다.
*** 그림 형제의 동화 「브레멘 음악대」에 등장하는 동물들이다.

헤로의 램프*

저녁 무렵이면 으레 버릇처럼 내 집
처마 위에 램프를 켜두곤 해요
그러면 별빛 희미한 어둠 속에서 당신은
방향을 잡을 수 있어요 모래 위로
걸어 나와 물기를 터는 당신은

이곳의 풀 냄새 그 향기에 취하지요
나의 섬에서 함께 사는 꽃과 새들에
당신은 뻐꾸기 울음소리에 그만
시간관념을 잃지요 아무것도 아닌 나를
그리 애지중지 여기는 당신에게

감사드릴 뿐입니다 당신에게 재화도
결혼도 미래도 요구할 수 없지만 그저
부담 없이 나를 통해 행복하세요
언제라도 찾아오세요 여기에는 이상하게
바라보는 자 없거든요 한 시간

혹은 두 밤이라도 개의치 않아요

언제나 조언을 구하는군요 난 당신의
마음 조각을 이미 알고 있어요
당신에게 전할 말은 단 한 가지
최상이라고 판단하는 걸 그냥 행하라고

이제 떠날 시간이군요 우리의 만남은
이다지 촌각을 다투어야 할까요 다시
며칠간 당신을 기다릴게요 더 이상
어떠한 선물도 가져오지 마세요 당신
당신의 미소 당신과의 입맞춤이

내겐 최상의 선물이니까요 그냥 무시로
헤엄쳐 오세요 저녁마다 당신을 위해
램프를 켜둘게요 갈대들이 바람에
서걱거리며 우리를 질투하는가 봐요 그럼
조심해서 가세요 또 만나요 안녕

* 세스토스 섬의 무녀 헤로는 바다 건너에 사는 아비도스 출신의 청년
레안드로스와 사랑에 빠졌다. 그러나 무녀여서 그와 결혼할 수 없었
다. 레안드로스는 매일 밤 헤엄쳐서 헤로에게 왔다가, 새벽 무렵에
집으로 돌아가곤 했다. 어느 바람 부는 겨울밤 레안드로스는 헤로의
램프가 꺼진 것을 목격했다. 헤엄쳐 그미를 찾았으나 허사였다. 헤
로가 죽었다고 생각한 레안드로스는 절망감 때문에 바다에 몸을 던
져 목숨을 끊었다. 다음 날 연인의 시체를 발견한 헤로는 탑 아래로
뛰어내려 자살했다.

'바람에 옷깃이 날리듯' 교육은 채찍이 아니다*
—부산동고 친구에게

자네는 말했지 음악은
기억이라고 이전 사실의
몇몇 장면 떠올리게 하니
자네의 발라드 노래는
과거로 향하는 여행이야
키 작고 말이 없던
자네 가슴속 숨겨져 있던
기예의 불꽃 아무도
측량할 수 없었지 당시의
학교 폭력은 오직 선생의 것
교련 선생은 왕이었지

달콤한 평화와 자유는
나태함을 부추기곤 한다고
고함지르던 그는 너희를
구타하는 재미로 살고 동료를
병역 미비로 직장에서
내쫓기도 했지 공공연히
희롱당해도 두려움에

떨던 동료 여선생님 그의
짓거리에 아무런 저항 없이
노여움의 껌만 씹던 나는
겁 많은 생쥐 한 마리

초록 버스 운전석에 부착된
글귀 "오늘도 무사히"
하루만이라도 얻어터지지 않고
하교할 수 있을까
내일은 혹시 원산폭격 없을까
노심초사하던 악어들
콩나물시루 교실에서
벌벌 떨던 육십 명 '엘로이'들**
그래 다치지 않으려면
눈에 띄지 말아야 해 놀란
정어리 떼 함께 헤엄치듯이

꼭꼭 숨는 게 바로 생존
전략임을 몰랐어 어째서

자네 렌즈 없는 안경을 쓰고
노래를 시작했는지를
그건 피폐한 자신의 그림자
외면하기 위함이었지
책에 스민 도시락 김칫국물은
삭막한 비상사태의 추상화
바람에 양달령 옷깃이
날리듯 불러봐 가늠 없는
가슴속 그 애틋한 열망을

* '바람에 옷깃이 날리듯'은 가수 이상우의 노래 제목이다.
** 엘로이: 허버드 G. 웰스의 『타임머신』에 등장하는 미래의 인간.

털머위 1

둥근 잎에 내린 서리
눈물 되어 맺히고

샛노란 그미의 살결
꽃으로 되비치면

풋가슴 껴안던 향기
바람이 기억하고

털머위 2

초겨울까지
늙은 살점 노란
얼굴 감추며
바람에게 군밤을 파는
노점 할머니

언젠가 서해의 고도에서 꽃씨 하나가 거친 파도에 밀려
안면도 목새에 도착했지 무슨 기막힌 살매인가 청계천의
봉제공장에서 죽어라 일만 하다가 코푸렁이 사내 만나 평
생을 가난으로 허덕거리다가 도시의 가로수에서 알몸 드
러내고 자신을 팔았을까 가슴 아픈 늦가을 숨어 피던 부끄
러운 노란 꽃잎 그 곁에는 고치 되려고 스멀스멀 기어오르
던 벌레 한 마리 나를 괴롭히던 진상 바로 그놈의 그림자

정강이 아래
구순 털실이 감겨
몰래 따뜻한
다섯 발가락 기약 없이
땅에 묻었지

3부

여행이라면

사랑이 여행이라면 얼마나
좋을까 사소한 문제로 헤어진 뒤 다시
포옹한다면 잠결에 심장 멎었다가 새로
맞이하는 새벽이라면 물과 잠시
아우르다 튕겨 나오는 기름이라면 얼마나
벅찰까 추억의 강 아스라이
잠수할 수 있다면 임종이
귀향하는 여행의 순간이라면

아니 그럴 수 없는 게
더 낫지 이별이 우리의 사랑을 측정할 테니 흘러간
강물 멀리서 우릴 그리워할 테니 아
저승의 그림자가 현세의
탐스러운 거울 안에 스민 일곱 가지 감정을
멀거니 바라볼 테니

임에 관한 반가사유 1

십 년 자고 일어나니
창밖에는 눈포단

소복 걸친 임은 나를
안아줄까 돌아설까

"네 곁에 잠자는데도
이름마저 잊었니?"

임에 관한 반가사유 2

도근도근 설렘이 가슴 가득 채우면

스님과 사미는 어디론가 출가한다 밤새 비가 많이 와서
강물이 붇어 있다 강변에는 소복을 입은 여인이 발을 동
동 구르며 서 있다 사미가 머뭇거릴 때 스님은 여인을 업
으면서 강을 건넌다 여인이 고맙다고 말할 때 스님은 합
장한 다음에 사미와 길을 떠난다 얼마 지나지 않아서 사
미가 말한다 여인을 등에 업다니 불경스러운 일이 아닌가
요 스님이 대답한다 난 시나브로 잊었는데 너는 아직 마
음속에 여인을 품고 있구나 사미가 얼굴을 붉힐 때 스님
은 슬그머니 미소를 머금는다[*]

일순간 그 열기 게 눈 감추듯 숨는다

* 이 에피소드는 당 헌종 때 단하천연(丹霞天然, 739~824) 선사, 혹
  은 일본 메이지 시대의 하라탄산(原坦山, 1812~1894)이 남긴 것이
  라고 한다.

가을 한신대에서

빵 나누어 먹으라는
간절한 마음의 병점
하얀 비누 거품
황구지천을 가득 뒤덮어
철새들 구름 밟고
쉬어 가는 휴식처

학생 가방에 묻은
철 지난 꿈을 삭이며
지나치는 가을 햇살
미군 비행기 소리에
섬뜩한 오한 느끼는
낙엽 툭 떨어지지

포도주 잔 돌리라는
고결한 마음의 병점
미군 조종사가
이곳 아래 내려다보면
너와 나 고작

점 두 개 풍뎅이 두 마리

제 살점 제가 뜯는
철새들의 보금자리
우린 알고 있을까 훗날
황혼 이혼으로 헤어질
사랑하는 너와 나 알싸한
붕당의 아픔을

그래도 가을의 산하는
일순 오염으로 빛바랜
처녀성을 지닐 테지
Y자 골짜기가 잠깐만
앞섶을 드러내면
뜨거워진 뺨 붉히며

고개 돌리는 황혼
그곳 아래 오솔길로
자동차 몰고 가면

독일 빵집 간판은

실성한 임산부인 양

어슬어슬 미소 짓는다

검은박쥐꽃

나의 피리가
구슬피 울고 있을 때
당신은 만취한 채 람바다
춤만 추고 있었지요
나는 까무잡잡한 마리
민다나오 섬에서
꽃 이름 새 이름 사랑도
잊고 자랐지요

세 시간 스트레이트
피리 불고 노래하며
땀범벅이 되었지요 K팝이
좋아서 한국을 선택했어요
하나 대체 누구를 위해
뼈 빠지게 일할까요
당신은 회장 비위 맞추는
카멜레온 난봉꾼

남녀평등 사회주의

헉 돈다발의 형이상학에
폼 개기는 남정네들이
예술을 알까요
그렇다고 나까지 고향의
부모님을 위해 몇 푼
마이킹에 안달복달 처량히
피리 불어야 하나요

설레는 순간 나는
어차피 당신의 보들보들
인형일까요 까만 박쥐의
암술이지요 단물을
"쪼옥" 빨아먹은 뒤
"퉤" 하고 내뱉는 소모품일까요
구질구질 안기는 살여울
일회용 물티슈일까요

일순 서치라이트가
춤추는 그림자를 비추지요

그럼 당신의 손가락은
어느새 내 하복부 더듬는
타란툴라 다리
여긴 호텔 스카이라운지
술기운으로 모두 휘청이는
반도의 끝이지요

메뚜기

만물의 영장이나 뛰어봐야 벼룩이야

　나는 배로써 목숨을 꿈틀거리지요 몸통 속으로 내장과
몸가락 넣고 껍질로 무장하지요 겉은 딱딱하게 속은 부드
럽게 하나 인간의 껍질은 부드러우나 속이 딱딱하다고 들
었지요 녹색의 도시에서는 녹색으로 갈색의 시골에서는
갈색으로 옷 갈아입지요 변덕스러움 갉아먹고 두근거림
을 퍼덕거리기 위해 날 수도 뛸 수도 있지요

　내가 두려워하는 것은 당신의 입아귀가 아닙니다 남편
알몸 남김없이 뜯어먹고 통나무 갉아먹는 입이 아닙니다
그냥 살기 위해 보호색 지니는 억울함을 알지 못하기 때
문이지요 하늘로 뛰어올라도 자꾸 잡아당기는 세상의 무
게를 모르기 때문이지요 사랑하는 나의 사마귀 님

　그 누가 사마귀 대신 인간을 조롱할까

접시꽃

내 영혼 더운
여름날에 노브라
새하얀 속살이 비치는
분홍치마 입는 것은 오직
더욱 아름다워지고
싶어서지요

내 살결 매일
거울 앞에서 포즈를
취하는 것은 얼굴과 몸매
사내들(아니면 꿀벌들)에게
보여주기 위함이
아니랍니다

하나 옷 가림
속 드러나는 것은
수컷을 황홀하게 만드는
보드라운 허벅지 불과 열흘
동안의 만개 결실

후의 시들기

착각 아녜요
거울 밖에는 해골
앙상한 뼈와 곧 시들어갈
씨방과 살덩이 남아 있으므로
거울 속은 예뻐요
눈물 나게도

이사도라

백사장의 윤슬이 내 예술의 은사지요

이 세상의 신발 벗고 둥둥 부유하리라 혼신을 다해 물
낯 사이로 걸어온 비너스 정겹게 영접하리라 황홀경에 꾸
벅 넋 나가는 그미의 아우라를 내 몸속으로 빨아들이리
라 그미가 강 얼음이면 나는 성엣장 되리라 얼음판 위에
서 트리플악셀 빙그르 돌지 않으면 나의 광기는 힘 다한
팽이처럼 맥 끊고 쓰러지리라 내 율동의 너울가지 찬탄할
만하니 그대를 기나긴 밤 결코 잠들 수 없게 하리라

우연히 조우한 인연 잊지 마요 예세닌*

* 세르게이 예세닌(1895~1925): 러시아의 시인. 그는 1922년 5월에
이사도라 던컨(1877~1927)과 세번째로 결혼했는데, 나이 차이를
극복하지 못하고 이듬해 8월에 이혼했다. 이후 그는 1925년 10월에
레오 톨스토이의 손녀 소피아 톨스타야를 네번째 아내로 맞이했는
데, 그해 12월에 모스크바 정신병원에서 자살로 삶을 마감했다. 예
세닌의 자살은 이사도라에게 커다란 절망감을 안겨주었다. 이 년 후
에 이사도라는 프랑스의 니스에서 자동차 사고로 유명을 달리했다.

내가 소년이었을 때 1

이유 없이
그냥
나의 아빠
성격 주시고
나의 엄마
밥 차려주시다
그게
전부였다
다행히도

멍든 가슴을 파도로 달래던 방파제 빗물이 바다로 몸 던지던 태종대 자살바위 섬 너머 적기에는 문둥이가 살고 뒷산 항구 너머 미도리마치 일본 공주가 살고 태풍에 뒤집어진 노랑쟁이 둔치에서 번쩍이는 물비늘 자갈과 물장구치는 담치 껍데기 가맣게 변색한 야자열매 자랑하던 뱃놈 자식 너의 엄마 잠수복 입고 여름을 따러 가고 나의 아빠 오징어 배에 백열등 달고 어둠을 잡으러 가고 여기는 한 많은 반도의 남동쪽 맨 끝 부자 되어 떠난 자 한 명도 없다던 그림자 섬

이유 없이

그냥

가을 하늘

개나리 그리고

동무들에게

정 베풀다

고작

그것뿐

불행히도

내가 소년이었을 때 2
―선우난영에게

친구야 나는
너와 마찬가지로
아이들의 사랑을
받고 싶었어
소녀들의 관심을
끌고 싶었어

골목대장 연
딱총과 썰매 대신에
차지한 일등
항상 숙제하기
고분고분 나 혼자만
우량품 사과

친구야 우린 고작
어항 속 붕어
네가 마구 휘둘러서
깨뜨린 질서
유년 형무소

그냥 잊고 살았어

겨우내 퍼져나간
동백꽃 향기
판자 교실에 퍼지던
피아노 소리
부끄러이 익어가던
무화과 색깔

내가 소년이었을 때 3

한 살 무렵
섬진강 바람 밀려
영도에 파묻힌 고추씨 하나

오종종한 판잣집들
사이의 미로에서
가련한 공주 껴안으며
보물을 찾던
아라비안나이트
고갈산에 올라
물구나무서서 바라본
뒤집힌 무덤 위의
바다 방파제
비행접시로 둔갑한

외항선 몇 척
장난이 그만 훔쳐간
꽃상여 소년의
익사 여름이 저지른

눈물바다
문건아 상득아
죽은 용철아
비포장도로에서
연탄을 팔던
이모부 숨어라

빚쟁이 와요
꼭꼭 숨어라 엄마의
재봉틀 소리에
장단 맞추며 끓던
수제비 국물
한복 입고 돌아온
아빠 까만 고무신
그 위의 수인번호 107
허나 철창 속에
갇힌 적이 없었던

나의 욕망 새벽의

초인종 소리에
문밖으로 달려가 보니
모도리 천안 누님
이미 떠나고 종일
연을 날렸다
아쉬움에 끊겨 나간
실타래 그냥
떠나보낸 유년기
스러진 연정

열다섯 살 때
바닷바람 휩쓸려
영도 떠난 고추 줄기 하나

내가 소년이었을 때 4

갈매기섬 근처
숨어 살던 말똥성게
부끄러운 아이의
잠지 찌르고
아지랑이 꿈이야
선잠 자다 그만
커튼 사이로 바라본

누님의 속살
그건 부드러움이야
여우비 내릴 때
백구 두 마리
서로 똥구멍 맞추고
아니 그건 안온한
포근함 아니야

잡년아 잡것아
불쌍한 문방구 과부
대낮에 몰매 당한 뒤

끝내 머리 뜯기고
이삿짐에 실려 간
그미의 밀크 로션
분홍빛 이불

주근깨 가시내야
우리 만나지 마
그건 아지랑이 꿈도
부드러움 포근함도
아니야 죄악이야
침대 밑에서 나누던
금지된 장난은

내가 소년이었을 때 5

강경애 선생님
반눈 뜨고 그저
사랑을 상상했을 뿐이에요
아 그때 나는
조봉암 씨를 전혀 몰랐어요[*]
선생님 블라우스에
가까이 앉은 흰나비만
질투했답니다

강 선생님의 가정통신:
"그는 착하고 영리하나
통솔력이 없습니다."
수수수수 수미양수
아빠의 교육 답신:
"그는 신사 총각입니다.
자유 없는 땅에서 통솔력이
없는 게 다행이에요."

아 그때 나는

조봉암 씨 누군지 몰랐어요

강경애 선생님

반눈 뜨고 그저

사랑을 상상했을 뿐이에요

철쭉을 뜯어

몰래 책상 위에 놓았지요

불가능한 사랑 가능하도록

---

* 조봉암(1898~1959): 독립운동가, 정치가. 1958년 1월 간첩죄 및 국가보안법 위반 혐의로 진보당원 열여섯 명과 함께 검거되어 대법원에서 사형이 확정되었으며, 1959년 7월에 사형이 집행되었다. 사법 살인이 자행되었던 것이다. 2011년 1월 20일 무죄 복권되었다.

국화꽃이 속삭이다

황혼이여 매주 목요일마다
오세요 뒷문 열어둘 테니 초인종
누르지 말고 석양의 허물 벗은 채 눈감고
살그머니 다가오세요 땅거미가 질 무렵에는
이웃들 아이들 누구도
당신의 그림자 알지 못할 거예요

목요일 저녁마다 오세요 나의
벗님 이날 그이는 읍내로 가서
밤늦게 귀가하거나 술 젖은 가죽 부대로
내일 아침 귀가해요 은밀히
오세요 당신과 만날 생각으로 내 가슴
두근거리고 가슴은 기쁨으로 가득 차네요

황혼이여 여섯시에 오세요
라벤더 향기 떠나지만 당신과의
설레는 만남에 아직 취해 있어요 나의
벗님이여 가만히 오세요 당신의
목소리 부드러운 감촉 비눗방울 속

부유의 순간 프리즘 색채 너무 눈부셔요

목요일마다 오세요 당신과
함께하는 순간 나의 몸과 열정
당신의 흑점 속으로 빠져들고 있어요 넌지시
오세요 나의 짝꿍이여 당신의
이름으로 하늘바라기 수놓은 한 다발 선물
보관했다가 때가 되면 돌려줄게요

쑥부쟁이에게 사랑을 고백하다

1

쑥부쟁이 넌 나의 은인이야
사향노루인 내가 다리를 다쳤을 때
나를 보호해주고 정성껏 고수련하였지
"정말로 고마워." 지금까지 다른 어떤
생명체에게 마음 기댄 적 없었는데
너에게 사랑과 우정 느꼈어

2

세 개의 구슬이 담긴 주머니
너에게 선물했지. "구슬 물고 비손하면
세 가지 소원 이루어질 거야." 어느 날
어머니가 몸져누웠을 때 처음으로 빌었지
"제발 엄마를 낫게 해주세요." 그러자
정말 어머니 건강 되찾았지

3

쑥부쟁이 네 따뜻한 배려를
나 혼자만 얻은 것은 아니었지 어느

가을날 너는 어두운 동굴에 갇힌
젊은 사냥꾼 구해주었지 너희는 일순
사랑하게 되었어 "행여나 당신에게
누가 될까 우려스러워요."

4

그의 손목 뿌리치며 말했지
"평범한 시골 처녀, 그저 당신에게
도움 주고 싶어요." 청년은 애원했지
"아니, 우리 영원히 잊지 말아요. 당신
내 친구가 되어주세요. 반드시 다시
올게요." 그 후에 그는 떠났지

5

"애타는 처녀야, 떠나간 청년
그렇게 좋아?" 가을이 수차례 지나가도
그에게선 아무 소식 없었지 대장장이
아빠는 이웃 사내와 선을 보게 했어
임을 애틋하게 그리워하는 네 어찌

다른 사내를 반길 수 있을까

6

기다림에 지친 너 쑥부쟁이
구슬 하나 입에 물고 두번째의
소원을 빌었지 "다시 만나게 해주세요."
일순간 사냥꾼이 나타났어 "미안해. 나를
용서해줘. 대신 너와 함께 오래 살게."
너희는 화해하며 껴안았지

7

하나 사냥꾼 고향의 아내와
아이를 그리워했지 착한 쑥부쟁이는
임의 행복을 위해 구슬을 물고 마지막
소원을 빌었지 "그의 향수를 달래주세요."
사냥꾼은 그만 떠나버렸어 너의 눈물
그렁그렁 들판을 헤매었지

8

쑥부쟁이 너는 나물 캐면서
외로움에 멍때리다 발을 헛디뎠지
구릉 아래 추락하고 말았어 미완의
죽음 내 영혼 아프게 갉아먹었지 아니
네 무덤가엔 노랗고 푸른 꽃 피어났지
"친구야, 내가 너무 경솔했어.

9

차라리 너에게 구슬 주머니
선물하지 말 걸 그랬어." 사랑 없는
그리움만 가득 찬 너의 몸 사시랑이
항상 하늘로 솟았지 친구야 지금도
노란 암술 푸른 꽃잎 향기 맡으며
점직한 마음 떨칠 수가 없어

군산

박대 말리는
아낙 황혼의 해안가
항구는 암퇘지 가슴
다섯 선박에 젖을 물리고
평화로운 듯 선잠 자는
유엔군 탱크

서 마지기 쌀
보리 다섯 말 실은
수레 그 뒤에 고함으로
저항하는 흰옷 채찍에
맞은 가죽부대 오래
피 흘리던데

내버려둬요
비명 지르는 울외들
트럭에 가득 실려 있지
그걸 지켜보는 꿀벌
마음 졸이다 비틀거리며

방향을 잃지

분홍 저고리
걸친 누이 하필 그날
마실 떠나다 일본도에
그만 옷고름 풀린 무궁화
눈물 흘리면서 항구로
끌려가던데

동국사에 핀[*]
볼품없는 만리향아
참회 비 곁에 서성이며
오래전의 피 냄새
떠나간 처녀 겨드랑이 땀내
잊게 하지 마

* 동국사(東國寺)는 일제강점기에 지어진, 군산에 있는 사찰이다.

4부

황진이

내 얼굴에는 아직도
회한의 눈물 마르지 않았어요
다시 태어난다면
남창(男娼)으로 살고 싶어요 하나
조건이 있어요 어디서나
내 마음대로 당신을
고를 수 있는 특권 말이지요

와락 당신 안고 싶어요
동성의 결혼식 참가할 수 있고
철조망 장벽 자물쇠 모조리
세상에서 사라지게 되면
나도 편견과 질투라는
수모의 옷 벗을 수 있겠지요
그럼 단검 내던지고 싶어요

아직도 도덕군자들
나에게 손가락질하고 있어요
다시 태어난다면

남창(男娼)으로 살고 싶어요 하나
조건이 있어요 방해 없이
내 뜻대로 당신을
간택하는 그 권한 말이지요

얼레지

산들바람이여
금방 드러난 내 알몸
집적거리지 마
그러다 뿌리 흥분하면
어찌 달래지

홍천군 골짜기
신방 차린 안개
내 엄마가 짓궂은 너의
유혹 눈치챌까 봐
가슴 떨리지

제발 부탁이니
고개 숙인 내 자궁
건드리지 마
안개 안아주기만 해
그냥 보듬지

봄 향기에 취해

무시로 꽃잎 벌리다
떨림으로 사랑 먹고
바람 아기 임신하면
어찌 키우지

산들바람이여
꽃대궁 닫게 해줘
멀리 떠나줘
밤버섯 한번 싸안고
마냥 흔들지

여름에 꽃 피우고
너를 잊을게
언젠가는 시들더라도
바람이여 너를 기리며
오늘 설레지

선생님 로빈 선생님 2[*]

서로 자네의 라 보에시 번역은
엉터리야 말의 뜻을 무심코
다른 언어로 은근슬쩍 건너뛰는 게
능사가 아니지 않나 자네의
글발은 음절과 어휘로 어설프게
연결하는 인위적인 너무나 인위적인
가교일까 바느질 수선일까 다시금
숙고해보게 그런데 뭐라고

자네 독일문화원 초청으로
한반도를 떠나게 되었다고 변방의
남쪽에서 살아 있는 독일어를 습득할
기회가 별로 없었을 텐데 무슨
뒷배로 시험에 붙었을까 그래도 나만은
알고 있어 자네를 키운 건
팔 할이 잡지라는 사실 말이야 설마
잘 먹고 잘 살려고 서양에서

박사학위를 취득하려는 건

아니겠지 혹시 한 알의 밀알로
한반도 통일에 몸 던지지 않을 텐가
공부해서 남 주어야 한다는
사유(思惟)는 사유(私有)가 아니라는[*]
내 강의를 잊지는 않았을 테지
글쎄 배우려는 각오는 갸륵하지만 다른
무지렁이들은 제 살기 바빠서

자네 뜻을 직수굿이 따를까 학문이
항문으로 취급되는 세상에 양치기
소년으로 오해당할 거야 괜스레
가족들 고생시키지 말고 함께
야경꾼으로 살아가는 것은 어때 자네 역시
막힘없이 피어나는 우주의 꽃
물론 눈 위의 호랑이 포효(咆哮)하며
유라시아의 벌판을 마구 헤집는

노여움의 열정 모르는 바 아니야
세상은 사시사철 얼어붙은 감방 서로는

남쪽의 푸른 딱딱이 들고 나는
북쪽의 붉은 딱딱이 들고
깨어나라고 거듭 일어나라고 마치
성배와 같은 나무토막 두드리면서
세계의 유치장에서 통방(通房)하는
야경꾼으로 재회할 수 있을까

* 윤노빈: 『신생철학』(학민사, 증보판 2003), 262쪽을 참고하라.

금강초롱꽃

미안해요 차마 고개 들 수 없어요
바람처럼 그냥 스칠 걸
갈림길에서 당신의 마음
설레게 하고 앞길 가로막았지요

아픈 마음 돌이 아니니
굴려버릴 수 없지*

송구해요 차마 허리 펼 수 없어요
내 곡두에만 사로잡혀
아금바르지 못하게 동거하다 아픈
자식 낳아 버리고 떠났어요

쓰라린 마음 멍석 아니니
말아버릴 수 없지**

죄송해요 차마 당당할 수 없어요
살림에는 손방이라
당신을 어지럽게 했지요 소리 없이

시들 테니 나를 잊어주세요

텅 빈 마음 거울 아니니
마냥 비출 수 없지

죽부인

데리고 놀기엔 너무
가늘고 물컹하지요 그래도
당신의 여자 나는 반달님
품에 안기고 싶어요

한때는 나도 대륙의
숲에서 판다와 함께 이슬
먹고 성장하던 아리따운
죽순이었어요

티베트에서 피의
소리가 바람에 실려 올 때
나는 해안에서 팔렸지요
애꿎은 상인들에게

홍콩 달러에 빼앗긴
처녀성 고통은 한 번으로
족했어요 카지노에서 일하던
언니 따라 밀항했지요

더럽힌 몸 씻으면
그만이지만 당한 마음은
어찌 이렇게 기억 속에서
치욕을 안겨줄까요

이제 난 시든 꽃
아무도 반기지 않는 늙은
불감증의 둘치 철 지난
아지매라 해요

고향 그리워요 하나
그곳은 사막 황사 날리는
폐가 아무도 없어요 미국
떠난 샤오슝마오*

몸 대신 남은 영혼
몇몇의 대나무 조각으로
얼기설기 가린 허공일 뿐

그대가 혼자이듯

반달님 눈 감고
날 안아주세요 마음은
언제나 청춘 향기 그리고
사랑도 있거든요

* 샤오슝마오(小熊猫): 대왕 판다를 가리키는 표현이다.

과꽃이 꿀벌에게 속삭이다

두 눈 감아요
혼자 방에 있어요
가만히 자장가 들어요
떠난 사랑 되돌아
오지 않아요

귀를 막아요
자신을 내려놔요
살며시 내 손을 잡아요
암술도 만져봐요
함께 있어요

향기 나지요
안으로 들어와서
잠시 하나로 아울러요
시들면 나의 내음
사라질까요

잎사귀 잡고

힘껏 더듬으세요
달콤한 액 안겨줄게요
그럼 나의 꽃잎이
붉어질까요

황새냉이 5

"내게 오셨을 때 당신의 발소리를 듣지 못했어요."(타고르)

쳐다볼 수 없음은
당신에겐 눈이 없는 탓이에요
다가갈 수 없음은
당신이 어디에나 계시기 때문이에요
당신의 심부름꾼이 꿀벌이면
나는 꽃가루 얻을 암술일까요

싸안을 수 없음은
안으로만 굽는 줄기 때문이에요
물을 수 없음은
당신이 저편으로 답하기 때문이에요
내가 둘치라면 당신에겐
그저 욕망의 두엄일까요

정확히 알 수 없음은
당신이 나에게만

미소 짓지 않기 때문이에요
언제나 내 가까이 머무나
영원히 내게서 떠나 있기 때문이에요

굿바이 칼립소

남쪽의 해변에 쓰러진 나에게
어슴푸레 접근한 그림자 하나
당신은 알려주었지요 사랑은 처음에는
새순 키우는 자양이라는 것을

왕궁에서 담은 술 소담한 식사
근심을 잊게 하는 단잠
당신은 속삭였지요 사랑은 귓속말로
간여도 방관도 아니라는 것을

딸기나무 숲 너덜겅에서
내 마음 녹이게 하던 당신의 미소
무심결에 전했지요 사랑은 시나브로
질투를 삭이는 기쁨이라는 것을

은은한 촛불 아래 바라보던
알몸으로 잠이 든 당신의 모습
새삼 느낄 수 있었지요 사랑은 부끄러운
황홀 탐하는 몸부림이라는 것을

차마 고백할 수 없었던
수평선 너머 가족의 기다림
그래도 깨달았지요 사랑은 치렁치렁
자라는 넝쿨 한 줄기라는 것을

칼립소에게*

당신은 표류하는 나를
구조하여 보살펴주었어요 고마움
어떻게 보답해야 할지
모르겠어요 당신 곁에 머무는 게
올바른 선택일까요

어찌 곁부축하는 마음
헤아리지 못할까요 기억이
당신의 크낙한 마음 알지 못하게
했을까요 내 눈을 가린 것은
귀환의 괴로움인가요

오랜 방랑이 내 가슴을
위축시키고 변함없는 고결한 사랑
보듬지 못하게 했을까요
거친 풍파가 방랑자를
이토록 냉혹하게 만들었을까요

감사하는 마음 어떻게

되갚을까요 밤마다 당신의 침실
벗어나지 못하는 나는
어리석은 바사기 거울 속 그윽한
바깥의 세계 잊고 살았지요

드디어 떠나게 되었어요
나의 뗏목에 비상식량 걸어주는
당신 이별의 손 흔들었지요
아 구차한 눈물 보여주기 싫어
허둥지둥 노 저었지요

십 년 후 절감하고 있어요
우리의 소중했던 일수유
내 가슴엔 하늬바람
그리움 그리고 사라진 갈망이
뒤섞인 채 스치고 있는 것을

* 칼립소는 오기기아 섬의 여신이었는데, 표류하는 오디세우스를 발
  견하고 자신의 동굴에서 그를 정성스럽게 고수련한다. 이때 그미는
  영웅에게 연정을 느끼고 자신의 영원한 동반자로 삼기로 결심한다.
  오디세우스가 그미가 베푸는 화려한 만찬과 유흥 그리고 사랑에도
  끝내 고향으로 돌아가려고 하자, 칼립소는 오디세우스에게 뗏목과
  비상식량을 제공하고 눈물 흘리면서 그와 이별한다.

"니가 쑥떡이가?"
—어머니를 기리며

섬진강 하류의
일곱 자매 가운데
가장 작은 뻐드렁니
처녀 까만 눈 진한
눈썹 인정 많은
풋내기 쑥떡

떠나간 할아버지
그리워 걸인 노인에게
밥 차려주시던
쑥떡 남쪽 대문 앞의
기역자집엔 굶주림
줄 서 있었지

말로만 "자식 자랑
반병신, 남편 자랑
온 병신"이라 했지만
내심 태산의 욕망
그대의 갈망 앞에는

정화수 한 잔

욕심이 화근이었지
항상 허방 치던 아비를
빚쟁이가 고소하고
시험장에 끌려다니던 나는
인정받고 싶은 배알티로
유학 떠났지

큰사폭 작은사폭
한복 바지 만들어
자식 등록금 벌다가
먹고 싶어도 꾹 참았던
사과 한 쪽과 복국
쇠고기 한 점

빌린 돈 갚지 못해
현이 엄마에게 수모
당하던 가을날

법원 앞 감나무에는
까치밥 네 덩어리
울고 있었지

쓸모없다 해서
부레옥잠 목숨이
마냥 버려져야 하는가
온갖 고민 걱정이
그대의 단잠 앗아가
치매 낳았어

하마 자식들에게
부담 줄까 요양원에서
팔다리 감겼던
쑥떡 기억에 남은
그느른 사랑 되갚을
방도가 없네

앙리 뒤낭의 고백*

고르바초프의 이마에는
한반도가 박혀 있었지요
그건 바로 한반도에 집약된
세계사의 비극 자신과
나라를 비우다가 국제 거지가 된
밀알 같은 영웅이었지요**

우연히 생긴 반점 아니지요
나 밀알처럼 살다 간 앙리 뒤낭도
그렇게 믿고 싶어요

사랑이 미움 안은 채 낙화하면
선이 악을 보듬으면
빛이 어둠에게 자리를 양보하면
내(凸)가 너(凹)를 모시면
태극처럼 돌아서 하나 되지요
다만 살생이 없기를

* 자본주의 사회에서 남을 위해서 살면 거지가 되고, 자신의 이익만
  을 챙기면 소시민이 된다. 은행원이었던 앙리 뒤낭(1828~1910)은
  국제적십자사를 창설하는 동안 사랑하는 임과 헤어져야 했고, 그
  후에 파산하여 알거지가 되었다.
** 요한복음 12장 24절을 참고하라.

아빠의 눈물 편지

어미 없이 자란
하동 포구 계모야 고기
많이 담아줘 커다란
눈동자에 비친 유학의 꿈
나고야의 안개

잔인한 외로움이
스무 살에 줄줄이 사탕
처자 거느리게 했고 법대생
천안 삼거리에서 학비 벌려고
실타래를 팔았지

고시 공부 안타깝게
포기하고 시작한 양계 사업
아들이 닭에 쪼이자
모가지 비틀던 나의 노여움
돌림병으로 돌아왔지

송도항에서 붕장어

신고 시모노세키로 떠난 배
죽은 물고기 대금 아까워
몰래 들여온 일본
제품 압수당하고

아내의 욕심 그만
화를 불렀지 통곡 소리 어느
겨울 새벽에 눈길 딛고 돌아온
한복 고무신에 새겨진
수인번호 "107"

욕지도에서 시작한
가두리 양식 사업 태풍에
찢긴 그물망을 빠져나간 도미
새끼들 자본의 큰 생선에
다시 먹혀나가고

다시 밀양 단장면에
숨었지 세상은 술 취했을 때만

화려했어 돈은 항상
내 곁에서 빕더서고 대추들은
지네 밭에서 영글었지

일찍 죽자 간(肝)아
병원비 부담스러우니
붉게 취한 가을에 찾아온 부음
이 땅에 왜 왔을까 오로지
기다림 찾으려고

애기동백 2

초겨울의 큰 설렘이 창밖에서 휘날리면

안녕 당신의 반쪽 설아예요 향기로 유혹할 나이는 지났건만 아직도 불타는 마음 달랠 수 없어요 여전히 솟아나는 진득한 수액이 그걸 증명하지요 고빗사위 손으로 내 자궁 만져보면 느낄 테지요 동백꽃 설아는 언제나 사립문 바깥에서만 송아리 피우지요 눈꽃 당신 백년가약으로 발목 잡지 않을 테니 무시로 찾아오세요 나의 꿀만 퍼가도 개의치 않을게요

아니 정말인가요 더 이상 우리 만날 수 없다고요 오 애절하여라 그럼 눈꽃에 대한 애오라지 내 사랑 훗승에서야 가능하겠네요 당신이 몰고 온 바람에 휩싸인 채 바닥에 꽃턱 덩어리 떨구고 말없이 눈물 없이 사라질게요 안녕 당신의 반쪽 설아예요

고드름 떨어지듯이 붉은 겹옷 낙화하지

히아신스

슬퍼하는 나에게
히아신스는 냉랭히 말한다
오죽하면 임이
그리 황망히 떠났을까요
다시 오실 거예요

외로운 나에게
히아신스는 귀 거칠게 말한다
오죽하면 임이
그리 모질게 따졌을까요
너그러움 찾아요

상처 입은 나에게
히아신스는 애잔히 말한다
오죽하면 임이
그리 격하게 화내었을까요
그냥 보듬으세요

속이 타는 나에게

히아신스는 또랑또랑 말한다
오죽하면 임이
그리 느루 집착했을까요
편안 되찾으세요

사랑의 아픔

유책 남편 그대가 이별을 통보할 때
정 베인 아내 냉랭히 거절의 손 내저으면
두 생명 인연의 끈이 풀어지는 법 없지

죽임이 찬란한 이혼식*
필요 없게 만들고

업보일까 첫 만남에 잘못 채운 첫 단추
열쇠 잃은 자물쇠 속 금잔화 상처받고**
연꽃등 자식만큼은 잘 자라기 바라지

구멍 난 가슴 한구석
가을바람 스치고

* 사람들은 즐거운 마음으로 입학식, 졸업식, 결혼식을 치르지만, 이
  혼하려는 가시버시는 기이하게도 이혼식을 치르지 않고 원수처럼
  싸운다.
** 금잔화의 꽃말은 비탄, 실망, 비애다.

釜山 그미와의 오랜 이별의 서러움과 순간적
재회의 허망함을 노래한 담시 1

1. 닻 내릴 때 생각한 오랜 이별

오래 너무 오래 망망대해 떠돌다 그대 기억했어요
허나 이제 나는 낯선 남자 고객 늙어빠진 떠돌이 선장
방파제의 두 다리 쫙 벌어지면서 그대의 속살이
비치고 서서히 입항하는 죽음의 선박 정녕 과거를 잊은
과부인가요 체념한 게이샤인가요 부산 그대는

2. 사라진 영도 해안

그대는 지금 어디서
기다리고 계세요

남녘 땅 철새 떼는 간 곳이 없고 헤엄치며 뛰놀던 유년
의 백사장 적기 앞 갈매기섬은 매립된 지 오래 메말라버
린 그대의 땀 그리고 체액 나이 든 그대의

알몸을 그냥 가리는

매연과 동거리들

3. 태종대 에움길(the long and winding road)

어느새 자가용이
이렇게 많아졌나요
아스팔트로 화장한
그미의 팔다리
삼륜차가 달리던
신작로였어요
아지랑이 반주에
춤추던 흙먼지
적지만 그런대로
푸르던 숲 대신
그미의 고름 딱지
버섯마냥 솟구친
아파트 단지

4. 고갈산을 오르며

해안가의 무덤은 멍때리는 나의 친구

할머니의 통곡 소리 지구를 들어 올린다며 물구나무서
던 나의 어린 시절 애처로워요 여기에 꽂혀 있던 이정표
나무판 보이지 않으니까요 아이스크림 먹던 나의 앙가슴
그만 당신의 사랑에 흐물흐물 녹아내리고 이제 길 가로막
는 철조망 탄약고 피멍 들고 만 그대의 살갗 강제 사역으
로 까맣게 탄 내 얼굴을 머리칼로 가리던 그대

달콤한 너무 오달진 당신과의 첫 키스

5. 서면 오거리에서

나의 기억 기억은
온통 화염병
우리의 죽마고우

쇠파이프 맞고
피 흘리던
그대의 가슴 터
어느새 지하철 역사로
변해버렸네
움직이는 생명은
보이질 않고
장승처럼 우뚝 선
부동산 건물
아이들의 입에는
고물 주고 바꿔 먹던
갱엿 대신에
미국식 햄버거와
플라스틱 포크

6. 해운대 천사의 시

제가 생각나면 당신은 젓가락 두드리며 노래 불렀지요

자식 학비 때문에 포장마차 차린 게 남우세스럽다며 카바
이드 불에 등 돌려 문예지 읽던 당신 직장 잃은 남편 마약
상으로 돌변하고 멍든 눈 손목 상처로 눈물 흘리는 당신
아 나는 다만 그림자 힘없이 당신 곁에 있었지요

　제가 생각나면 당신은 젓가락 두드리며 노래 불렀지요
아내 잃은 깡패 당신에게 눈독 들이고 어느 날 포장마차
부순 뒤 덮쳤지요 애걸하고 반항하던 당신 어둠 속에서
앞섶 가리던 당신 몇 달 후 조산원 앞에서 비틀거리던 당
신 아 나는 다만 그림자 힘없이 당신 곁에 있었지요

　당신과 통방하고 싶어요 어디 계신가요 막힌 푸른 하
늘 그 위로 향해 벽 뚫고 계신가요 "죽일 년"의 세상 그래
"죽임에 눈먼" 세상 그렇다면 당신의 고향은 지하인가요
아니면 별승인가요 당신의 영혼은 지금 어디 계신가요 땅
아래로 아라 밑으로 무턱대고 흙만 파고 계신가요

7. 완월동 입구에서

야릇한 냄새 나는
그대의 자갈치시장 지나
여기는 가라오케
저기는 일식 초밥집
현지처의 암내인가
아 나는 감히 그대의
오염된 이불 속에서
몸 풀 수 없구나
돈으로 짝짓기하려고
그대의 앞섶 더듬는
일본인 행인이여
당신은 찾지 못하리라
오래전에 잃어버렸던
우리의 발정기 그
비너스의 황홀을

8. 낙동강 하구에서

"자태야 있건 없건
잘 살면 되지" 하는
그대 목소리
사랑은 부끄러운
장난이 아니라며 갈대
숲 가슴 두근거리던
두 개의 물방울
붉게 포옹하던
을숙도의 어스름 이제
그대의 얼굴에는 주름
폐수에 칠갑하고 만
검붉은 립스틱

9. 부산 여자의 대꾸

"흥, 지가 무슨 왕건이가? 작별 인사 없이 배 타고 떠났다가, 십 년 후에 돌아와서 나를 찾아? 그럼 내가 순애보 가락이라도 뽑을 줄 알았더나? 퍼떡 거울을 들여다바라. 갈라진 흙덩이로 주름진 지 얼굴, 늙은 수컷 삼치 대가리를. 이제는 어디론가 꽁무니 뺄 생각은 접어라. 땅 파고 항구 매립하고 갱제를 살리야 돈이 능준할 꺼 아이가? 옛날만 새김질하고 자연이 어쩌구 환경이 저쩌구 씨버리는 게 도대체 말이 되는 소리가?"

1부

참제비고깔

참제비고깔은 '델피니움'이라고도 불리는 꽃입니다. 푸른 꽃은 어쩌면 이전에 돌고래로 살다가 이 세상에 환생했는지 모릅니다.

에델바이스

에델바이스는 '고결하게 하얀(edel＋weiß)'이라는 의미를 지닌다고 합니다. 이 꽃은 높은 곳에서 자라면서 그리움의 끝을 떠올리는 꽃입니다.

솜다리로 거듭난 에델바이스

프란체스코 수사들은 주에 대한 사랑을 다음과 같이 표현했습니다. "모든 것을 가지지만, 아무것도 소유하지 못한다(Omne habentes nihil possidentes)." 이 경우 '가짐'은 '소유 이전의 상태'를 가립니다. 사랑에 대한 갈망은 사랑의 성취보다 더 격정적이고 강렬하다고 합니다.

찰옥수수 1

모든 식물은 겨울에 머리를 땅속에 묻고, 다리(足)를 하늘로 솟아 올린다는 점에서 "발가벗은 채 물구나무선 여자"로 비유될 수 있습니다.

찰옥수수 2

힐데가르트 폰 빙겐(1098~1179): 독일 신비주의 사상가이자 수도원장. 그미의 편지는 오늘날 전해 내려오고 있습니다.

가벼운 내가 떠나리라 무거운 압구정이여

압구정동의 으리으리한 가옥, 그곳의 벽에는 철조망과 유리 조각 그리고 CCTV가 설치되어 있습니다. 이곳의 건물들 그리고 밤 풍경은 압구정동에서 경비원으로 일하려는 한 남자의 눈에는 어떻게 비치고 있을까요?

흙의 고백

인류세의 시대에 중요한 것은 하늘이 아니라, 땅입니다. 이와 관련하여 인본주의는 토본주의(土本主義)로 변모되어야 합니다.

잠깐 노닥거릴 수 있을까

인간의 행복은 마냥 연기됩니다. 이러한 관점에서 '노

닥거림'은 현세의 행복을 놓치지 않으려는 어떤 긍정적 의미를 담고 있을까요? 다른 한편 오로지 입신양명을 추구하는 남자 그리고 자신의 사적 행복을 추구하는 여자의 관점은 어긋나게 교차하고 있습니다.

맨드레이크

여성이 사향 포도주라면, 남성은 어쩌면 병뚜껑일지 모릅니다. 여성이 강물이라면 남성은 댐의 구멍 마개일까요?

떠나가는 그대에게

베르길리우스의 서사시 『아이네이스(*Aeneis*)』의 내용입니다. 카르타고의 왕녀 디도(Dido)는 사랑하는 아이네이스가 이탈리아로 떠났을 때, 이별의 고통을 감내하지 못하고 목숨을 끊었습니다. 그미의 자살은 의무감과 연정 사이의 갈등 때문이었을까요? 아니면 참사랑을 몰라주는 풍운아의 냉혹함에 대한 하염없는 질타였을까요?

신비적 합일(Unio mystica)

토이토부르크 숲은 독일 니더작센 산맥에 자리하는 숲입니다. 이곳의 분위기는 철학자 셸링의 '세계 영혼(die Weltseele)'의 개념을 떠올리게 합니다. 자연의 생명체는 사랑의 순간으로 탄생하고 시간이 흐른 뒤 서로 이별하게 될까요? "영원은 시작과 종말이 없는 바퀴와 같다"는 말은 사실일까요?

이화여대에서

이화여대에는 김구 선생이 남긴 국기가 소장되어 있습니다. 크기와 형상이 태극기와는 약간 다릅니다. 태극기를 바라보았을 때, 일순 찬란한 해방이 도래하기를 꿈꾸던 장준하 선생이 떠올랐습니다. 어째서 일반 사람들은 눈앞의 이득에만 집착하고 있을까요?

너의 기타 애잔히 울고 있을 때

동생을 생각하면서 쓴 시입니다.

꽃무릇과 나눈 대화

9월 하순이면 꽃무릇이 핍니다. 잎사귀는 꽃이 지고 난 뒤 가을에 비로소 솟아납니다. 꽃무릇은 마치 팔 없는 소녀처럼 보입니다.

몽양 여운형

여운형은 김일성, 박헌영, 김구 그리고 김규식 등과 친분이 있었다고 합니다. 원래 역사의 물꼬는 한 개인에 의해 트이지 않습니다. 그렇지만 개인은 최소한 역사 변화의 계기를 마련할 수는 있습니다. 그가 암살당하지 않았더라면, 묵자(墨子)처럼 전쟁을 일으키지 말라고 김일성을 설득했을 것이고, 6·25동란은 발생하지 않았을지 모릅니다.

세상이 술통 아래로

어느 날 박물관에서 조선 시대의 도자기 하나를 관망했습니다. 이때 하나의 착상이 떠올랐습니다. 어느 머슴은 가난한 처녀를 사랑했는데, 처녀는 가난하게 살지 않기 위해서 이웃 부자의 첩실이 되어 떠납니다. 이때 도자기의 술이 어느 정도의 위안을 안겨주었을까요?

2부

홑이불

빗소리에 잠들 수 없는 여름밤, 떠나간 임을 그리워하며 뒤척이는 자는 나만은 아닐 것입니다.

노랑붓꽃

노랑붓꽃은 주로 전라도 지방에서 자라는 꽃입니다. 필자의 눈에는 노랑붓꽃 속에 녹두장군의 영혼이 잠입해 있는 것 같습니다. 노랑붓꽃은 옷 벗은 채 초록의 생명체 위에 걸터앉은 여인으로 비칩니다.

녹두장군

원래 이 시의 제목은 다음과 같습니다. '나의 영혼이 그대의 몸속으로 스며 들어가, 어머니 아내 그리고 딸에게 드린 마지막 말씀'. 녹두장군은 죽은 뒤에 노랑붓꽃의 몸속으로 빙의(憑依)하였습니다. 그의 육신은 관 속에 있지만, 그의 영혼은 조용히 어머니에게, 아내에게 그리고 딸에게 차례로 말씀을 전합니다.

노랑붓꽃 파랑새와 헤어지다

원래 문학은 '사실(fact)' 외에도, 추측과 갈망을 서술할 수 있습니다. 파랑새는 어쩌면 녹두장군 전봉준의 영혼인지 모릅니다. 우금치 전투에서 죽은 동학 농민군의 영혼은 전사한 뒤에 모조리 노랑붓꽃 속으로 잠입했을까요?

사랑의 기쁨

사랑의 기쁨은 어쩌면 일방적 감정일지 모릅니다. 사랑은 "섬뜩하게 낯선 장검을/칼집에서 뽑는"(권경업의 시 「사랑이라 쉽게 말하지 마세요」) 의성어일 수 있기 때문입니다. 생명체는 마치 불나비처럼 죽기를 각오하고 임에게 가까이 다가갑니다.

사랑의 슬픔

남북의 선남선녀가 수없이 맞선을 보고 있습니다. 서로

싫어하지만, 주위의 수천만 들러리들은 결혼이 성사되기를 애타게 기다립니다. 남북통일은 연리목 갈등으로 엉켜 있습니다.

자유는 막힘 없는 꽃이 피는 옥별에서

2016년 1월 신영복 선생님의 부음을 접하고 집필한 작품입니다. 『신영복: 담론』(돌베개, 2015), 224쪽의 내용을 참고.

뮌헨 마리엔 광장

마리엔 광장은 뮌헨 한복판에 자리하고 있습니다. 육 년 이상 이곳에 거주하면, 푄 현상으로 인하여 서서히 편두통을 앓기 시작합니다. 여행객들은 무관심한 채 웃으면서 순간적 희열을 사진 속에 담습니다. 타국에서 발생하는 비극적 사건은 지방 신문에 실려 있을 뿐입니다.

사랑앵무

앵무새의 말은 기특하게 우리의 귓전에 울려 퍼집니다. 어떠한 이유에서 인간의 말을 모방할까요? 놈은 인간 언어의 의미를 과연 어느 정도 이해할까요? 인간이 모르는 것은 참으로 많습니다.

용담 청량리 선녀

용담은 자주색 꽃으로서 그 속에는 오목한 형태의 밀실이 있습니다. 꿀벌 다섯 마리가 들어가도 비좁지 않은, 사방팔방으로부터 은은한 빛이 스며드는 보라색 규방이라고나 할까요?

아픈 손가락 3

수직 구도의 사회에서는 경쟁이 자리할 수밖에 없습니다. 그런데 가족, 친구 등의 수평 관계는 인간의 행복지수를 결정합니다. 가난하게 살아가는 동남아 사람들의 행복지수는 한국인들보다 높다고 합니다.

브레멘

1982년에 처음으로 브레멘의 품에 안기게 되었습니다. 망명 신청이냐, 학위 취득이냐를 놓고 고민할 때 찾아간 곳이 바로 그 도시였습니다. 당시에 그곳의 자유로운 정서적 후광을 체득할 수 있었습니다. 흐릿하듯 명료하듯 가물거리는 그때의 기억이 작품 한 편을 남기게 하였습니다.

헤로의 램프

성취된 사랑은 행복을 안겨주므로, 굳이 말과 글이 필요하지 않습니다. 이루어지지 않는 사랑의 애절함은 격정과 절망으로 마음속에 각인됩니다. "사랑의 강도는 이루

지 못하게 하는 장애물에 의해 명징하게 측정된다."〔귄터 드 브륀(Günter de Bruyn)〕

'바람에 옷깃이 날리듯' 교육은 채찍이 아니다

1970년대 말의 교육 현장. 당시에는 교련이라는 과목이 존재했고, 학급은 마치 콩나물시루와 같았습니다. 학생들은 군사훈련을 감당해야 했습니다. 까까머리들은 지금 어디서 무엇을 하고 있을까요?

털머위 1

초겨울에 피는 노란 꽃, 털머위는 추위를 타는 것 같지 않습니다. 여름날 사랑의 따뜻한 기억이 몸을 달구고 있기 때문일까요?

털머위 2

10월 말 대부분 나무가 낙엽을 떨어뜨리면서 동면의 채비를 할 무렵 털머위는 뒤늦게 꽃을 피웁니다. 꽃은 떠나는 가을의 아쉬움을 노랗게 물들이고 있을까요?

3부

여행이라면

어느 날 거울 속을 들여다보다가 문득 나 자신 저세상에 머무는 착각에 빠졌습니다. 삶과 죽음 사이의 문턱은 언제 명징하게 의식될까요? 장자(莊子)의 나비가 그 문턱을 의식하지 않는다면, 죽음에 대한 불안이 사라질까요?

임에 관한 반가사유 1

1880년 로댕은 단테의 『신곡(*Divina Commedia*)』에 나오는 지옥문을 조각할 요량이었습니다. 그러나 작품은 완성되지 않았습니다. 극도의 고통을 표현하는 데 어려움을 느꼈다고 합니다. 대신에 로댕은 지옥에서 살아가는 몇몇 인간을 빚었습니다. 「생각하는 사람」의 모델은 레슬링 선수 장 보(Jean Baud)였습니다. 그의 꿈틀거리는 근육은 마치 현세에서 행해야 하는 힘든 노동을 떠올리게 합니다.

임에 관한 반가사유 2

어느 스님과 사미가 겪었던 순간 체험입니다. 때로는 말과 글보다 침묵이나 염화시중의 미소가 효과적일 수 있습니다.

가을 한신대에서

세상은 신속하게 변모하는데, 어째서 사람들은 집안싸움에만 몰두하는 것일까요? 어째서 우리는 눈앞의 당면한 사안에 골몰하다가, 더 큰 문제를 망각하는 것일까요?

검은박쥐꽃

필리핀 출신의 어느 여성은 해운대 호텔에서 피리를 연주하고 있습니다. 그미의 뇌리에는 돈과 유희 그리고 예술성이 서로 피 터지게 싸우는 모습이 투영되고 있습니다.

메뚜기

메뚜기 한 마리는 어떻게 보고 느끼며 사랑할까요? 인간의 시각은 이렇듯 일방적이라서 잘 모르는 것 같습니다. 메뚜기는 "보호색을 지녀야 하는 억울함" 그리고 "뛰어올라도 자꾸 잡아당기는" 지구의 "무게"를 어떻게 감당할까요?

접시꽃

꽃의 입장에서 화무십일홍(花無十日紅)의 의미를 반추해봅니다. 꽃은 만개 이전과 만개 이후에는 존재하지 않습니다. 이 사실은 우리를 격랑의 감정 속에서 허우적거리게 만들곤 합니다.

이사도라

이사도라 덩컨은 스승 없이 혼자서 춤을 배웠다고 합니다. 어떤 분야라도 앞에서 당겨주고 뒤에서 밀어주는 사람이 없으면 성공하기 어려운 법인데, 그미는 모든 어려움을 어떻게 극복했을까요? 그미에게 사랑, 돈 그리고 명예는 부차적이었다고 합니다.

내가 소년이었을 때 1

십 년 동안 타국에 머물다가, 1990년대에 부산항의 모습을 바라봅니다. 그것은 유년 시절에 바라보던 상과는 완전히 달랐습니다. 고향은 오로지 나의 기억 속에만 원래의 상으로 보존되어 있습니다.

내가 소년이었을 때 2

반복해서 말하지만, 음악은 뇌 속의 해마를 자극하여 무언가를 기억하게 합니다. 길가를 지나치다 들었던 피아노 음악은 유년을 떠올리게 했습니다.

내가 소년이었을 때 3

독일의 역사학자, 라인하르트 코젤렉(Reinhart Koselleck)은 "기억은 세탁기 속에 마구 뒤엉킨 빨래"라고 말한 적이 있습니다. 그만큼 기억은 마구잡이로 흩어져 있고, 우리에게 작은 조각만을 보여줄 뿐일까요?

내가 소년이었을 때 4

사랑해서는 안 되는 임을 사랑한 어느 여성은 상간녀로 취급되어 끔찍한 고초를 겪습니다. 처녀일까요, 과부일까요, 아니면 유부녀일까요? 너새니얼 호손의 소설 『주홍글씨』라든가, 데이비드 린 감독의 영화 「라이언의 처녀」에서 유사한 사건이 떠오릅니다.

내가 소년이었을 때 5

조봉암이 법의 이름으로 사형당했을 때, 나는 코흘리개 아이였습니다. 『동아일보』를 읽던 아버지가 눈물을 글썽거렸는데, 무슨 영문인지 몰랐습니다. 어느 날 초등학교 1학년 담임선생님은 통지표에 내가 "통솔력이 없다"라고 알렸습니다. 이때 아버지는 답장을 썼습니다. "자유 없는 나라에서 통솔력 없는 것이 다행입니다." 법학을 전공한 아버지가 어째서 루소에 심취했는지 이제야 조금 알 것 같습니다.

국화꽃이 속삭이다

국화꽃의 속삭임은 마치 『히페리온』에 등장하는 디오티마가 주인공에게 전하는 편지처럼 들립니다. 히페리온은 시인 횔덜린의 문학적 자아였고, 디오티마는 그의 내연녀를 가리키는 인물입니다.

쑥부쟁이에게 사랑을 고백하다

사향노루의 관점에서 쑥부쟁이를 서술하고 있습니다. 작품은 운율, 대사 그리고 이야기를 담고 있다는 점에서 담시(Ballade)의 요건을 갖추고 있습니다. 생명체의 오욕칠정을 글로 표현하는 일—이것이야말로 인류세의 시인이 지향해야 할 문학적 방향일지 모릅니다.

군산

군산은 나에게 낯선 지역입니다. 언젠가 한 번 그곳을 들렀는데, 마치 나 자신이 일제강점기에 살고 있다는 착각에 빠졌습니다.

4부

황진이

누군가 다음과 같이 말했습니다. "부도덕하게 들릴지 모르지만, 세상에서 가장 즐거운 직업은 몸 파는 일이지요. 다만 하나의 조건이 있어요. 파트너를 나 스스로 고른다는 조건 말이에요." 불현듯 조선 시대의 시인 황진이가 떠올랐습니다.

얼레지

얼레지의 꽃말은 '바람난 여인'입니다. 그래선지는 몰라도 얼레지는 뜨거운 햇빛을 싫어하고 산들바람을 좋아합니다. 나의 눈에는 강원도 산골에 핀 얼레지가 남편과 연인에게 차례로 버림받은 여인처럼 비칩니다.

선생님 로빈 선생님 2

윤노빈 교수는 필자의 은사로서 1967년부터 부산대학교 문리대에서 철학을 가르쳤습니다. 1982년 9월 아내와 네 자식을 데리고 싱가포르를 거쳐서 월북했습니다. 그의 책 『신생 철학』의 서문: "지옥의 갱 속에서 광부가 부르짖는 가장 으뜸 되는 소리는 '사람 살려'다."

금강초롱꽃

부끄러운 마음으로 고개 숙인 금강초롱꽃을 바라봅니다. 그미는 나의 오랜 연인이었습니다. 나로 인해 불행을 맛보았고, 후회하고 반성하며 조용히 살다 최근에 세상을 떠났습니다.

죽부인

동남아에서 자란 대나무는 몸을 팔던 여인이었는지 모릅니다. 홍콩을 거쳐서, 이곳까지 당도한 것 같습니다. 지금은 죽부인이 되어 여름날 내 곁에 안겨 있습니다.

과꽃이 꿀벌에게 속삭이다

프리드리히 니체는『차라투스트라는 이렇게 말하였다』에서 "여자에게 갈 때는, 채찍을 들고 가는 것을 잊지 말라"고 일갈했습니다. 지극히 남성 중심적 사고입니다. 사랑의 칼자루는 여성들에게 쥐어져야 합니다. 칼자루를 빼앗기는 순간, 폭력은 반드시 스멀스멀 기어 나오기 마련입니다.

황새냉이 5

황새냉이는 북반구 온대 지역에 분포하여 주로 습지에서 자라는 식물입니다. 봄에 새하얀 꽃을 피우는데, 한 해 살기도 하고, 여러 해 살기도 합니다. 어찌하여 황새냉이는 임이 오시는 발걸음 소리를 듣지 못했을까요?

굿바이 칼립소

칼립소는 전설의 섬 오기기아에 거주하는 여신입니다. 오디세우스는 풍랑을 만나 표류하다가 홀로 이 섬에 도착하였습니다. 칼립소는 오디세우스를 사랑하여 고향으로 돌아가고 싶어 하는 그를 칠 년 동안이나 놓아주지 않았습니다.

칼립소에게

칼립소는 오디세우스에게 영원한 삶, 재물 그리고 권

력을 주겠다고 하였으나, 그의 마음을 돌리지 못하였습니다. 오디세우스의 수호신 아테네는 오디세우스의 불행한 처지를 하소연하였고, 제우스는 칼립소를 찾아가 그를 놓아주라고 명하였습니다. 이때 칼립소는 오디세우스가 뗏목을 타고 고향으로 돌아갈 수 있게 도와주었습니다.

"니가 쑥떡이가?"

2013년 부산에서 모친상을 치른 다음에 집필한 작품입니다.

앙리 뒤낭의 고백

고르바초프의 이타주의는 결국 소련을 붕괴하게 했고, 자신의 권력마저 상실하게 했습니다. 결국에는 거지가 되어 세계를 떠돌아다녔는데, 이는 앙리 뒤낭의 삶을 연상시킵니다. "한 알의 밀알이 썩지 않으면, 한 알 그대로 있고, 썩으면 많은 열매를 맺으리라."(요한복음 12장 24절)

아빠의 눈물 편지

돌아가신 아버지의 '해적이'를 단편적으로 기록해본 작품입니다.

애기동백 2

동백은 언제나 울타리 바깥에서 핍니다. 집 내부에 머

물지 않는, 소박맞은 여인은 살을 에는 겨울에 선연한 붉음을 드러냅니다. 대부분 꽃이 꽃잎 하나씩 떨구며 사멸하는 데 비해, 동백은 꽃턱잎 전체를 털썩 바닥에 떨굽니다. 그 모습 강물에 낙화하는 논개를 연상시키므로 무척 애처롭습니다.

히아신스

히아신스는 무리 지어 꽃을 피우는데, 인간의 이야기를 청취하고 위로하는 분처럼 느껴집니다. 혹시 나를 바라보고 있을까요? 나의 슬픔과 아쉬움, 미움 그리고 노여움을 온통 빨아들여 삭이고 있을까요? 히아신스는 우리의 마음을 달래주는 치료사입니다.

사랑의 아픔

한국의 가정법원은 잘잘못을 따집니다. 가령 바람피운 아내(혹은 남편)가 이혼을 요구할 때 배우자가 거절하면, 이혼은 성립되지 않습니다. 다른 나라는 유책주의 대신에 파탄주의를 채택합니다. 누구의 잘못이든 간에 부부 관계가 파탄이 나면, 이혼은 조건 없이 성사됩니다. 원래 처음부터 이혼을 생각하는 가시버시는 없습니다. 사랑하는 임과 오순도순 살 수 없으니 헤어지는 것입니다. 헤어지는 그들에게 다시 행복하게 살아갈 기회는 반드시 있습니다. The Best is yet to come. 힘내세요, 이별로 상처받은 영혼

들이여.

釜山 그미와의 오랜 이별의 서러움과 순간적 재회의 허망함을 노래한 담시 1

작품의 화자는 오랫동안 타국에 머물다가 고향으로 돌아온 오디세우스입니다. 옛날의 흔적은 거의 자취를 감추고 말았습니다. '부산'은 여기서 나이 든 여성으로 투영되고 있습니다.

긴 기다림과 그리움, 그리고 타자성의 구원

정홍수(문학평론가)

시인의 첫 시집 『반도여 안녕 유로파』(울력, 2024)를 여는 첫 시 「반도여 안녕 1」에는 '망명객'이라는 표현이 나온다. 약력에 따르면 시인은 5·18 광주 민주화 운동 이듬해에 독일로 유학을 떠나 베를린 장벽이 무너지기 전에 귀국한 것으로 되어 있다. "부끄러워 얼굴 가렸어요/아 배 밖으로 튀어나온 아기 얼굴 팔레트/바깥으로 금남로가 보였지요"(「붉은 팔레트 속의 광주」, 『반도여 안녕 유로파』)라는 시의 진술에서 짐작할 수 있듯, '5·18 광주'의 참상은 깊은 정신적 상처이자 부채감으로 시인의 '망명 의식'을 형성한 것으로 보인다. 첫 시집 곳곳에는 이국에서 보낸 그 힘겨운 고투의 시간이 담겨 있다. 이후 비판적 지성의 연마, 독문학자로서의 삶이 지식인으로서 그 빚의 일부나마 갚기 위한 시간이었다면, 그 과정에서 어떻게 해도 해소될 길 없는 실존적 고뇌와 갈증이 '시'의 형식으로 오랜 시간의 잠복을 거쳐 우리에게 뒤늦게 도착했다고도 할 수 있겠다. "언어가 바로/망명객의 감옥"(「나의 모국어는」, 『반도여 안녕 유로파』)이라는 구절에는 영혼의 출구로서 '모국어/시'의 자리가 갖는 절실함이 아픈 역설로 맺혀 있다.

두번째 시집 『내 영혼 그대의 몸속으로』에 실린 시편들 역시 첫 시집과 탄생의 배경을 공유하고 있는 것으로 보인다. 시인은 자서에서 "오랜 세월 고이 간직한 미발표작 가운데 주로 사랑과 관련되는 시편을 골라보았다"고 밝히고 있는데, 우리는 시를 읽어나가면서 '사랑'의 주제가 '타자' 혹은 '타자성'에 대한 여러 층위의 질문을 포함하는 방식으로 전개되고 있다는 사실을 확인하게 된다. 시인 스스로 "영혼의 접붙이기, 혹은 빙의의 시학"이라고 이름 붙이고 있는 그 시학의 핵심에는 '시적 화자'의 관점을 '시적 대상'으로 옮기는 일이 자리하고 있다. 시인의 '망명 의식'이 한반도와 독일 양쪽에서 자신을 타자로 앓는 시간과 깊이 이어져 있다고 한다면, 이 같은 시적 방법론의 연원을 짐작해보게도 된다. 그런데 '시적 대상'의 자리로 옮겨가서 그 대상의 관점으로 세계를 바라보는 일이 단순한 시선의 교환과 이전에 그친다면, 그것은 인위적이고(artificial) 형식적인 소외의 극복은 아닐까. 식물 혹은 동물에게 시선과 목소리를 부여하는 일은 상투적인 의인

화의 시적 기술과 어떻게 다른가. 이 과정에서 인간중심
주의나 타자성의 벽은 역설적으로 더 공고해지지는 않을
까. '사랑'이 타자의 낯섦과 혼돈을 있는 그대로 마주하고
견디는 일이라면, '빙의의 시학'은 타자를 '시적 화자/주
체'로 익숙하게 길들이는 일과 어떻게 다른가. 우리는 그
렇게 물어볼 수도 있을 것 같다. 시집의 첫 시「참제비고
깔」은 시인의 시학을 전형적으로 보여준다. 이 시를 통해
우리의 질문을 이어가보자.

당신의 뿌연 그림자 바로 보고 싶어요
푸르께한 꽃잎은 나의 눈
당신에게 가까이 다가가면 그만큼
당신 얼굴 감감해지는 까닭은

당신의 달콤한 목소리 듣고 싶어요.
가지의 털은 나의 귀
내 마음 울적할 때에만 이어(耳語)하는
당신 엿들으려 하는 이유는

당신의 따뜻한 가슴 만지고 싶어요
초록 잎사귀는 나의 손
멀리 떠나신 후에야 당신 그리워
마구 볕살 거머쥐려는 까닭은

당신의 달보드레한 입술 더듬고 싶어요
꽃주머니는 나의 혀
내 안에서 꽃잠 빠진 당신 가까이
일순 냉랭함을 맛보는 이유는

　시인은 통상적으로 대상의 자리에 놓이는 참제비고깔에게 인간과 동등한 시적 화자의 자리를 부여하여 욕망과 감정을 표현할 수 있게 해놓았다. 참제비고깔의 '푸르게 한 꽃잎' '가지의 털' '초록 잎사귀' '꽃주머니'는 각각 눈, 귀, 손, 혀가 되어 '당신'을 사랑하고 욕망한다. 참제비고깔이 인간 중심의 위계적 시선에서 벗어나는 순간이라고 할 수 있다. 이를 타자성의 구원이라고 한다면, 빙의의 시학이 목표로 하는 지점이 비교적 뚜렷하게 감지된다. 이때 네 개의 연에서 그 사랑의 욕망이 밀쳐지고 중단되고 좌절되는 모습이 반복되고 변주되는 양상 또한 반드시 부정적으로 볼 것은 아니다. 그것은 모든 사랑이 감내해야 하는 보편적 정황처럼 보이며, 참제비고깔의 사랑은 (인간의 그것처럼) 비극적으로 정화된다고도 할 수 있다.
　그런데 이 시의 '나'는 빙의가 완료되어 참제비고깔이 된 시적 화자가 아니라, 그 빙의를 욕망하는 시선으로 읽히기도 한다. "푸르게 한 꽃잎은 나의 눈" 다음에 "당신에게 가까이 다가가면 그만큼/당신 얼굴 감감해지는 까닭은"이 이어질 때, 당신과의 거리뿐만 아니라 빙의의 거리 또한 밀려나고 있다. 이 순간 참제비고깔은 손쉬운 의인화에 저항하고 있는 것처럼 보인다. 타자성을 길들이는 것은 사랑이 아닐 것이다. 지금 이 시가 '바로 보고' '엿듣고' '만지고' '더듬고' 싶은 존재는 있는 그대로의 '참제비고깔'은 아닐까.

생각해보면 참제비고깔의 '푸르께한 꽃잎'이 '나의 눈'으로 호명되는 마법은 그 자체로 사랑의 마음 없이 가능하지 않다. 그 '푸르께한 꽃잎'을 통해서만 '당신의 뿌연 그림자'를 '바로 볼' 수 있다면, 이때 '꽃잎'은 익명의 사랑의 대상으로서 '당신'의 현현이기도 할 것이다. 우리는 이 시를 읽으며 사랑의 대상으로서 꽃잎에 다가가려는 또 다른 시선의 존재를 느낀다. 그 시선은 '빙의의 시학'을 가로지르며 '꽃잎'을 사랑으로 발견하는 시선이다. 말하자면 '꽃잎'은 사랑을 매개하면서, 사랑의 존재를 대변한다. 이 시의 모든 연에서 사랑의 아이러니와 모순이 해소되지 않는 채 남는 것은 그 때문으로 볼 수도 있다. 마지막 연은 "내 안에서 꽃잠 빠진 당신 가까이/일순 냉랭함을 맛보는 이유는"으로 끝난다. '빙의의 시학'은 대상의 '냉랭함'을 수락함으로써만 성립되는 시학이다. 어떤 시든 시적 대상에게 시적 화자의 시선과 목소리를 내어줄 수는 있을 것이다. 그렇게 '타자의 관점'을 도입하는 일은 오래된 시의 기예(arts)이기도 하다. 그러나 박설호 시인의 '빙의의 시학'은 이 과정에 사랑에 대한 질문을 포개며 시선을 이중화한다. 우리는 이 시에서 사랑의 주체로 태어나기 이전, 시인에게 오랜 사랑의 대상으로 존재했던 '참제비고깔'을 느낀다. 그렇다면 참제비고깔이 누구이고 무엇인지 묻기 이전에, 그것을 향해 머물러 있던 시선의 시간을 물어야 할 것이다.

이번 시집에는 참제비고깔 말고도 여러 풀꽃, 식물이 나온다. 반딧불이, 메뚜기, 사향노루의 목소리로 노래하는 시도 있다. 신화나 역사 속 인물들도 빙의의 시학을 통해 목소리를 얻는다. 오래 떠나 있다 돌아온 고향의 풍경 앞에서 시인은 잠시 오디세우스의 시선을 빌리기도 한다. 그림자섬 영도를 배경으로 어린 시절의 시간이 돌아오기도 한다. 전체적으로 시집의 시편들은 먼 거리, 오랜 시간의 기다림과 그리움을 품고 있다. 그 아득한 지평이 시인에게는 빙의의 시학이 움터온 시의 터전인 듯하다. "차마 고백할 수 없었던/수평선 너머 가족의 기다림/그래도 깨달았지요 사랑은 치렁치렁/자라는 넝쿨 한 줄기라는 것을"(「굿바이 칼립소」) 시인은 저 '넝쿨 한 줄기'에게 사랑의 시선과 언어를 양도하는 방식으로 시의 언어를 찾아간다. 이제 '넝쿨 한 줄기'는 오랜 사랑의 대상으로, 새로운 사랑의 주체로 거듭나야 한다. 타자의 아픔이 있는 곳, 그곳이 시인의 기다림과 그리움이 자라난 자리다. "디른들 가죽 바지의/바이에른 선남선녀"(「뮌헨 마리엔 광장」)가 노니는 뮌헨 마리엔 광장은 "해바라기 포즈로 미소 짓는 유색인종들"과 "가이드로 몇 푼 버는/유학생 나의 친구"와 나란히 그려지는데, 그곳 "푸른 하늘 흰 솜사탕"의 아름다운 풍경에서 "타국의 쿠데타 감옥 내의 고문과 죽임"은 "나른한 텃새 소리처럼 따분하고 적요"하다. 풍경의 끝에는 '따분한 적요'를 이기지 못하고 "망각 속에 자라"는 "이자 강 영국 공원 잔디"가 있다. 사물화된 풍경이 낯설고 섬뜩하다. 그러나 우리는 동시에 망각의 거짓 평화와 싸우며 '텃새 소리'와 '잔디'를 일깨우고 싶어 하는 시인의 강렬한 응시를 느낀다. 빙의의 시학은 사물화된 타자의 자리에 응당한 활력과 시선을 부여하려는 이 응시로부터 태어난 것일 테다.

전봉준, 여운형, 윤노빈, 신영복 등 역사 속 인물에게 목소리를 부여한 시인의 시편에는 그이들에 대한 경외의 마음과 함께 평화롭고 정의로운 세상에 대한 시인의 열망이 조용히, 그리고 아름답게 녹아 있다. 가령 "가느다란 은침에 꽂혀/반평생 어두운 골방에서/죽음의 껍질로 박혀 있던/흰나비 한 마리"(「자유는 막힘없는 꽃이 피는 옥별에서—신영복 선생님」)는 워즈워스의 '시간의 점'을 기억하는 시인의 상상력을 타고 "손바닥 위에 그 녀석을/가만히 올려놓으면 다시/태어난 날갯짓으로 그곳/옥별로 향하"게 되는데, 흰나비를 손바닥 위에 '가만히' 올려놓는 천진하고 무구한 마음만으로도 '자유'를 향한 비상이 가능해지는 순간은 참으로 아름답다. 이 시는 자유를 말하지 않고, 자유를 보여준다. 시인은 '은침을 뽑는' 순간을 의도적으로 삭제함으로써 자신의 사랑을 나비의 자유에 조용히 포개고 있다.

흥미롭게도 '흰나비'는 사랑과 자유를 노래한 또 다른 시에서도 만날 수 있다. 선생님을 몰래 흠모하던 초등학생 '나'는 "강경애 선생님/반눈 뜨고 그저/사랑을 상상했을 뿐이에요"(「내가 소년이었을 때 5」)라고 말한다. '반눈'과 '상상'은 소년의 언어로, 애틋하다. 그런데 이어지는 시행에서 느닷없이 진보당 사건으로 사형을 당한 조봉암의 이야기가 나온다. "아 그때 나는/조봉암 씨를 전혀 몰랐어요/선생님 블라우스에/가까이 앉은 흰나비만/질투했답니다" 흰나비가 앉은 그곳에 소년의 사랑이 함께 있을 것이다. 조봉암과 관련된 사연은 2연에서 짐작할 수 있다. '통솔력이 없다'는 선생님의 가정통신문에 소년의 부친은 "자유 없는 땅에서 통솔력이 없는 게 다행이에요"라는 답을 한다. '진보당 사건과 조봉암의 사형', 그러니까 자유를 억압하던 한 시대의 공기는 소년의 어린 사랑에도 배경이 되어주고 있었던 셈이다. 다만 소년이 몰랐을 뿐. 마지막 연에서 소년의 사랑은 대담하게 발전한다. "철쭉을 뜯어/몰래 책상 위에 놓았지요/불가능한 사랑 가능하도록" 그런데 이때 책상 위에 몰래 놓인 철쭉은 혹시 (소년은 모르는 채로) 자유를 위한 꽃이 되고 있는 것은 아닌

가. '불가능한 사랑'을 가능하게 하고자 하는 희구는 일차적으로 선생님을 향하고 있지만, 이 시에 함께 흐르는 시대의 맥락을 타고 '자유'를 향한 희구로도 확장되고 있다. "아 그때 나는/조봉암 씨를 전혀 몰랐어요" "아 그때 나는/조봉암 씨 누군지 몰랐어요" 1연과 3연에서 두 번 반복되는 이 같은 시적 진술의 리듬이 소년의 사랑과 시대의 자유를 암묵적으로 연결하는 시의 힘이 되고 있는 듯하다. 사랑과 자유의 결속은 타자화된 시간의 구원을 포함하고 있다. 엇갈린 채 흘러가며 망각되었을 과거의 시간들이 여기서 만나고 있다. 흰나비와 가정통신문, 그리고 철쭉의 기억이 소년의 시간, 선생님과 아버지의 시간, 시대의 시간을 얽어매고 있다. 불가능과 가능 사이의 소망은 시간의 잔해, 과거라는 시간의 타자성을 향해서도 열린다. 어쩌면 '빙의의 시학'이 가닿고자 하는 가장 간절한 지점이 이 어름일지도 모르겠다. 시인의 시에는 '늘픔' '돌껏잠' '살매' '는실난실' '고수련' '그느른' 등 사라져가는 모국어가 많다. 그것은 그 단어들이 품고 있는 오래된 시간에 대한 사랑이기도 할 것이다. 시인의 시학에서 모국어의 속살과 '그대의 몸속'은 둘이 아니다. 박설호의 시집 『내 영혼 그대의 몸속으로』의 시어들은 버려지고 망각된 것들을 향한 기나긴 그리움 속에서 자라나온 것이다. 거기, 사랑이 있다고 시인은 조용히 말하고 있다.

영혼의 접붙이기, 혹은 빙의의 시학

친애하는 L, 가난한 형편에 유학을 떠나 박사학위를 취득했지만, 필자의 내공은 여전히 깊지 못했습니다. 영재(英才)가 아니므로 이후에도 노력해야 한다고 자신을 다독일 수밖에 없었습니다. 대학에서의 교편생활은 뒷배 없는 일꾼의 끈덕지고 힘든 노동으로 이어졌습니다. 물론 연구 결과물은 풍족했지만, 노상 허겁지겁 쫓겨 다니듯 살았습니다. 이 와중에서 나의 위안은 무엇보다도 시 창작이었습니다. 뒤늦게 시집을 간행하려고 하니, 시편들은 마치 어두운 골방에 뒤엉킨 거미 알처럼 보입니다. 원래 문학 작품이란 발표 당시의 시대정신과의 관련성 속에서 만개하는 법입니다. 나의 시편들은 한국과 유럽이라는 두 개의 다른 현실에서 탄생하였으며, 수십 년 동안 마치 백설공주처럼 잠자고 있었습니다. 그러니 독자의 관점에서 고찰할 때 모든 게 엉성하고 혼란스러울 것 같습니다.

그렇지만 혼란스러움은 때로는 다양함일 수도 있다는 생각이 뇌리를 스칩니다. 흔히 문학의 기능이 내면의 상투적 선입견 그리고 병적으로 굳어진 인성을 지적하고, 여기서 발생하는 하자를 어떤 문학적 상상을 동원한 비유로써 전해주는 데 있다면, 시인과 작가는 기상천외한 혁신적 관점을 활용해야 합니다. 이와 관련하여 필자는 어설프게나마 어떤 고유한 방법론을 구상했습니다. 첫째는 가능하다면 하나의 작품에 다양한 관점을 도입하는 일입니다. 그렇게 되면 작품은 중의적 암시를 통해서 보다 포괄적인 의미를 드러낼 수 있습니다.

둘째는 글쓰기의 방법론으로서 시적 화자의 관점을 변화시키는 일입니다. 종래의 시 작품들은 시인의 주관적 관점에서 일방적으로 시적 대상을 서술합니다. 이로써 시의 내용은 시인의 단선적 일방통행의 관점으로 묘사되곤 합니다. 필자는 시적 대상의 편에서 역으로 세계를 주시하려고 합니다. 마치 카메라의 시선이 반대편에서 다른 각도에서 투시하듯이, 다섯 가지 감각은 처음부터 타자의 관점으로, 혹은 동식물의 관점으로 이전되어 있습니다. 이런 식의 변화된 관점은—랑시에르의 표현을 빌리면—오관으로 인지할 수 없는 것을 시적으로 인지하는 일종의

'감성의 분할(le partage du sensible)'과 같은 방법론입니다. 보이지 않고 들리지 않는 무엇에 관심을 기울여 시적 감성을 첨예화시키는 작업은 시각이 아니라, 청각과 후각 그리고 촉각을 활용한다는 점에서 상투성을 배격할 수 있습니다. 관점의 변화 그리고 다양한 감각을 고려하는 시 창작은 빙의의 시학으로 요약될 수 있습니다. 이는—브레히트의 '생소화 효과'와는 반대되는—시적 감정의 이심전심의 기능, 즉 접심화(接心化) 효과일 수 있습니다. 생소화 효과는 주지하다시피 예술적 대상에 거리감을 취함으로써 독자의 이성적 비판을 극대화합니다. 이에 반해 필자는 시적 대상 속으로 스며들어 세상 그리고 나 자신을 관망하려고 합니다. 이로써 지금까지 외면된 타자, 혹은 다른 사물의 관점은 능동적으로 활용될 수 있습니다.

접심화 효과는 영혼의 접붙이기 작업입니다. 그것은 학문의 영역에서는 스웨덴보리의 진부한 접신론(接神論)으로 치부될지 모르나, 창작의 영역에서는 예외로 인정될 수 있습니다. 이로써 세계는 타자(타인과 동식물)의 관점에서 관찰 가능합니다. 감정 이입을 통한 이러한 관점의 변화는 독자의 이성적 판단이 아니라 감성에 호소합니다. 이러한 시도는 시 창작 방법론의 차원을 넘어서서, 독자의 양심과 겸연쩍음에 자극을 가할 수 있습니다. '문제점(Problem)'은 문제를 일으키는 당사자 '앞에서(pro)' '비난을 가함으로써(blamage)' 해결되는 무엇이 아닙니다. 왜냐면 대부분 사람은 어떤 특정한 견해 내지는 아집으로 무장해 있기 때문입니다. 이들에게 어떤 이질적인, 혹은 정반대되는 견해를 들이대는 것은 반발심만 부추기며 역효과를 가져다줄 뿐입니다. 빙의의 시학 내지는 접심화 효과는 일차적으로 머리가 아니라 가슴에 호소함으로써, 상대방의 지성이 아니라, 마음속 깊은 비밀을 건드릴 수 있습니다. 이는 한마디로 인간 본위주의의 편협한 시각을 예술적 방식으로 파괴할 수 있는 출발점으로 작용합니다.

이제 접심화 효과의 내용에 관해서 약술하려 합니다. 인간 동물은 생명체들로부터 많은 것을 강탈해왔습니다. 세상을 전유하기 위해서 사물을 남성적으로 그리고 전투적으로 투시하면서, 모든 것을 쟁취의 대상으로 깔보아왔습니다. 피상적 물신주의에 함몰되어 눈에 보이지 않는 무엇을 간과하게 되었습니다. 모든 것을 인공지능 및 자연과학의 실증주의로 증명해내는 오늘날의 정황 속에서는 형이상학이라든가 문학의 상상력은 언제나 불필요한 대상으로 취급되었습니다. 여기에 첨가된 것은 국가 중심주의, 그리고 황금만능주의라는 사고방식입니다. 모든 가치는 권력과 돈에 의해서 평가되므로 영혼의 무엇, 여성적인 무엇 그리고 성적인 무엇은 수백 년 전부터 쟁취의 대상, 객체로 전락하고 말았습니다. 현대 사회의 물신주의 풍조, 경쟁을 추구하는 삶의 방식은 빈부 차이를 심화시키고, 인간 삶을 황폐하게 했으며, 급기야는 생태계 파괴 내지는 기후변화를 낳게 하였습니다. 빙하기의 시대에 우리가 구출해야 하는 것은 어쩌면 물질의 소중함과 여성과 흙에 대한 사랑일지 모릅니다.

물론 인간의 인식은 제한적입니다. 우리는 자신이 바라보고 싶은 것만 고찰하고, 자신의 관심이 향하는 방향대로 세계의 부분만을 투시합니다. 분명히 알 수는 없지만, 생명체 역시 처절할 정도로 아름답게 사랑을 나누는 게 분명합니다. 그렇지만 우리는 생물들의 겉모습만 바라보고 이를 유추할 뿐, 그들의 속내를 간파하지 못합니다. 중요한 것은 그들 역시 열매, 혹은 후손을 배출한 뒤에 세상을 하직한다는 사실입니다. 살아 있는 것들의 짝짓기가 그렇게 격정적인 까닭은 그들 역시 언젠가는 사멸한 다음에 다시 태어나기 때문인지 모릅니다. 문제는 인간 중심적 사고의 배후에 생명체에 대한 무의식적 폭력 내지는 우월감이 자리한다는 사실입니다. 흔히 사람들은 동물의 사랑을 '흘레하는 짓'이라고 규정하고, 식물의 사랑을 막무가내로 '교접'이라고 명명하지 않습니까?

동물과 식물은 인간의 언어를 모르기 때문에 그들의 마음은 사람에게 오롯이 전달될 수 없습니다. 어쩌면 그들은 어떤 다른 차원의 소통 수단을 지니는지 모릅니다. 가령 코끼리는 저주파로 대화를 나눈다고 합니다. 돌고래는 의사소통을 위하여 초음파를 최대한 활용한다고 합니다. 일부 동식물은 페로몬이라는 화학 물질을 분비하여 서로 무언의 대화를 나누는 것처럼 보입니다. 동식물의 마음을 헤아리지 못하는 까닭은 우리가 무엇보다도 자기중심적으로 세상을 바라보는 청맹과니이기 때문이 아닐까요?

인간은 근대를 거치면서 '인본주의'라는 고상한 용어를 만들어냈습니다. 그렇지만 이것은 인간의 일방적인 투시에 근거하고 있습니다. 다시 말해 인본주의는 인간의 단선적이며 일방통행의 시각을 전제로 합니다. 비-인간에 해당하는 물질은 영원히 활용할 수 있는 처녀지에 불과했습니다. 차제에 우리는 뒤늦게 진실을 깨달은 오이디푸스처럼 자신의 눈을 찌른 다음, 생물과 무기질의 관점에서 자신과 세계를 역으로 고찰할 필요가 있습니다. 팔십억의 인간이 살아가는 인류세의 시대에 어쩌면 나 자신이 바로 도나 해러웨이(Donna Haraway)의 말대로 만물의 영장이 아니라, '퇴비'가 아닐까요? 인본주의는 차제에는 어떻게 해서든 토본주의(土本主義)로 거듭나야 합니다.

친애하는 L, 오르페우스가 리라 연주를 곁들여 노래하면, 산천초목이 감동으로 부들부들 떤다는 이야기는 고대 신화에 언급되고 있습니다. 어떻게 하면 모든 존재에게 작지만 오랜 감동을 전할 수 있을까요? 어떻게 하면 나 자신의 '머리(首)'를 수그리고, 지금까지와는 전혀 다른 '길로 나아갈(辶)' 수 있을까요? 필자의 시편들은 의향과 영향력에 있어서 오르페우스의 노래와는 비견할 수 없을 정도로 초라합니다. 그래도 누군가 시편을 기억해주면 참으로 고맙겠습니다.

안산의 우거에서

박설호